THE

PROBLEM

of

THE

GREEN

CAPSULE

[美] 约翰·迪克森·卡尔———— 著

John Dickson Carr

辛可加————译

外语教学与研究出版社
北京

目 录

登场人物 ｜ 警察、被害人与下毒者

安德鲁·艾略特警督	一位知道何时该向更出色的专家求助的专家。
基甸·菲尔博士	独一无二的专家。没有任何词汇可以形容他。
玛乔丽·威尔斯	马库斯·切斯尼美丽而任性的外甥女兼监护对象。
乔治·哈丁	玛乔丽的未婚夫——一位招人喜欢的年轻化学家。
马库斯·切斯尼	爱好种桃的富翁，热衷于证明所有人都是蹩脚的证人，行事出人意表，十分顽固。
乔·切斯尼医生	马库斯的弟弟，人缘比哥哥好得多，平时就像一头怒吼的公牛。
威尔伯·埃密特	高个儿、相貌丑陋的年轻人，负责管理切斯尼的果园。
英格拉姆教授	一位比马库斯·切斯尼所预料中更为高明的观察者。
克罗少校	当地的警察局长。他说："我们最不愿见到的——就是该死的谋杀。"
特里太太	一位紧张的店主，平时她可不会向孩子们出售毒巧克力。

第 1 章

陵园街

在某人的记忆中，故事是从庞贝古城的一座房子里开始的。他永远忘不了那炎热而宁静的午后；说英语的声音打破了陵园街的静谧；废弃花园里的红色夹竹桃；还有那白衣少女，周围是一群戴太阳镜的人，令她如同置身于一群蒙面人之中。

观察到这幅景象的这个人，已经来那不勒斯出差一星期。他的工作与这个故事无关，但却令他难以抽身，直到九月十九日星期一下午才腾出时间。他计划当晚动身前往罗马，然后取道巴黎回伦敦。那天下午他打算悠闲地观光一番，历史与现实同样令他痴迷。这就是他在一天中最安静的时间，头顶无言的烈日出现在陵园街的原因。

陵园街位于庞贝古城的城墙外，起于赫库兰尼姆城门。这是一条在两旁的人行道间延伸出的宽阔的石板路，顺着小山一直往下。路旁遍植的柏树，令这条本已失去生命力的街道绽出生机。这里是贵族的墓园，低矮的祭坛迄今仍未损朽。耳边响起自己的脚步声，顿时让人感觉走进了一片被遗弃的荒郊。炽热耀眼的日光照在碾出了车辙的石板路上，照在从石缝中萌芽而出的青草上，还照见了那只棕色的小蜥蜴，在他身前飞奔着，化作草丛间一小簇移动的黑影。他的前方，高耸于墓群之后的，是在热浪中呈现暗蓝色的维苏威火山，但没预想中那么高大，因为它距离此地还有六英里¹之遥。

他很热，昏昏欲睡。长街两侧早已毁坏的商店，以及梁柱间的彩绘庭园，掠过眼前时频频扰乱他的想象。他已经逛了一个多小时；进入古城之后，就几乎没见到一个活人，仅有一个由导游带领的神秘团体突然出现在财富街的尽头，伴随着小石头摩擦的咔嚓声，又如鬼魅般消失了。

他沿着陵园街来到古城尽头，正犹豫是该就此返程，还是该转身继续探险之时，远远望见墓群中有一座房子。房子很大，显然曾是某位贵族的别墅，建于庞贝的全盛时期，却又地处城郊，远离喧嚣。于是他拾级而上，步入其中。

中庭十分幽暗，还带着一股霉味，保养程度远不如刚才城里那些经过修葺的屋宅。但中庭后面是廊柱环抱的花园，阳光充足。花园里生机盎然，植满红色夹竹桃，废弃的喷泉边环绕着松树。高高的草丛里沙沙作响，传来有人用英语说话的声音。

喷泉边有个白衣女孩正朝他的方向望过来。映入他眼帘的不仅仅是美丽，还有智慧。她的深棕色头发对分开来，披到耳后，在后颈处绕出一个个小卷。她的鹅蛋脸上长着樱桃小嘴和流露出幽默感的大眼睛，表情却颇显严肃。厚眼睑托着那双灰色的眼眸，目光中若有所思。她姿态轻松，懒散地抚平白上衣；但她又很紧张，甚至连微弯的眉毛都透出了紧张。

---

1. 英里：英制长度单位，1 英里约等于 1.609 千米。——本书注释如无特殊说明均为译者注。

她对面站着一个身穿灰色法兰绒西装的黑发年轻人，手里举着一台小型摄影机，眼睛紧贴着取景器。摄影机开始嗡嗡响动，咔嗒几声。那年轻人的脸贴着摄影机的侧面，嘴角迸出指令。

"哎，动一动！"他催促道，"微笑、弯腰，点支烟什么的，总之你得干点什么！如果你光站着，不就等于拍照片吗？"

"可是，乔治，我到底能干什么？"

"我都说了，微笑、弯腰——"

一旦意识到自己的一举一动都将被记录下来，谁都难免感到别扭，女孩此刻显然如此。她的神情异常严肃，然后才挤出一个带着歉疚的微笑。她举起白色手提包，在空中晃了晃。随即她又东张西望，似是在寻机逃走，最后则对着摄影机大笑起来。

"底片快用完了。"年轻人大喊，一副制片人的做派。

十余英尺[1]开外，门廊下的旁观者突然明白了。他知道那女孩正处于高度紧张的状态中，她那健康的外形纯属伪装；咔嗒咔嗒响个不停的小摄影机如同一只盛满梦魇的眼睛，正逐渐侵蚀着她。

"好吧，我还能干什么？"

"走起来，动一动。走到右边去，我想让那些柱子当你的背景。"

他们的另一位同伴始终背着手旁观这一切，此时才哼了一声。这干练的小个子男人戴着太阳镜，一定程度上掩饰了他的年龄。其实他下颌边皱缩的皮肤，以及巴拿马帽的帽檐下露出的花白发茬，都表明他比那身休闲服显示的年龄老得多。

---

1. 英尺：英美制长度单位，1 英尺约等于 0.3048 米。

"观光客！"他不屑地说，"你这完全是观光客那一套。你想把那些柱子当作背景，嗯？你想拍摄的并不是玛乔丽，甚至也不是庞贝的建筑。你想拍摄的是玛乔丽身处一座庞贝建筑里的场景，以显示你曾到此一游。这真让我恶心。"

"有什么问题吗？"质问者声若洪钟，他更高大、更强壮，留着淡棕红色的短须，站在那两位有些别扭的年轻人另一侧。

"观光客那一套。"头戴巴拿马帽的人答道。

"我可不敢苟同，"那壮汉说，"而且你的态度也令我费解，马库斯。每次我们来到有些风景可以欣赏的地方，你都百般不乐意，如果我没理解错的话，你的抗拒纯粹只因它们是风景而已。我倒要问个清楚——"他的吼声响彻整个花园——"到了景点不看风景还有什么意义？成千上万去看风景的人你都看不惯。难道你就没考虑过，如果某个景点千百年来总能吸引成千上万的游客，不正是因为那里本就有值得欣赏的东西吗？"

"注意你的形象，"戴巴拿马帽的人说，"别大喊大叫。你不懂，你永远都不会懂。比如说，你都看到什么了？我们现在在什么地方？"

"这有什么难的，"对方答道，"你说说吧，年轻人？"

他转向拿着摄影机的黑发年轻人。后者颇不情愿地停止拍摄正朗声大笑的女孩，将摄影机放回挎在肩头的盒子里，然后从口袋里取出旅行指南，认真地翻起书页。

随后他清了清嗓子。

"三十四号，推荐指数两颗星。亚利乌斯·狄欧米德斯别墅，"他带有几分敬意地念道，"得名于——"

"胡说，"壮汉打断他，"那是我们十分钟前看过的房子，骸骨都是在那里发现的。"

"什么骸骨？"女孩惊问，"我们可没发现什么骸骨啊，乔医生。"

壮汉在太阳镜后的神色愈显暴躁。"我没说我们发现骸骨，"他转过身，将软呢帽往头上扣得更紧，"我是指，那是当初发现骸骨的地方，就在路那边，你忘了？奴隶们被炽热的火山灰堵在那里，后来被人发现时，横七竖八全倒在地上，活像一组九柱球。就是柱子被漆成绿色的那座房子。"

头戴巴拿马帽的矮个儿老人双臂交叠，晃了几下，显得不怀好意。

"说来有趣，乔，其实它们并不是。"

"并不是什么？"乔医生追问。

"并不是被漆成绿色。我已再三证明我的论点，"矮个老人说，"普通人，你也好——或者你也好，又或者你也好——绝对无法正确描述你的所见所闻。你们并不观察。你们无法观察。对吗，教授？"

他扭头向后望去。这群人中还有另外两位，站在绕柱长廊的阴影中。远处的那位旁观者几乎没留意到他们的存在，他们远不如阳光下的另外四人那么显眼。他只能辨认出其中一个是中年人，另一个比较年轻。他们正用一面放大镜检查从长廊栏杆上拾起的一块石头或火山灰碎片。两人都戴着太阳镜。

"别管什么亚利乌斯·狄欧米德斯别墅了，"栏杆后的声音说，"这座房子的主人是谁？"

"现在知道了，"带着摄影机和旅行指南的年轻人抢着回答，"刚才我翻错页，现在我们在三十九号，对吧？没错。就这儿。三十九号，推荐指数三颗星。毒杀犯奥鲁斯·莱皮杜斯的家。"

鸦雀无声。

目前看来，这些人像是普通的一家人，或者一群朋友。炎热的天气和旅途的劳顿使得年纪较大的那位略显烦躁。从相似的长相和口无遮拦的争吵来判断，乔医生和头戴巴拿马帽的小个子（被称为马库斯的那位）应该是兄弟。名叫玛乔丽的女孩估计是他们的亲戚。一切都很平常。

然而，旅行指南中的这句话令庭园中的气氛为之一变，寒意与暗影瞬间降临。唯有捧着书的年轻人浑然不觉，其他人都半转过身，随即便僵住了。四副太阳镜后的目光都射向女孩，她仿佛被一群蒙面人所包围。镜片上闪烁着阳光，看上去就像深不可测的邪恶的面具。

乔医生不安地问道："你说什么？"

"毒杀犯，"年轻人答道，"依据中庭入口马赛克人行道上刻着的剑和剥皮柳树（'莱皮杜斯'的意思有——'剥下的树皮''优美的'，进而引申出'机智的''令人愉快的'等含义），莫姆森[1]考证出这座别墅的主人是——"

"知道了，但他做了什么？"

"瓦罗[2]声称，莱皮杜斯在蘑菇汁里下毒，杀害了五名家人。"年轻人来了兴致，边说边东张西望，似乎期待尸体仍留在原地。

---

1. 西奥多·莫姆森（1817—1903），德国历史学家。
2. 马库斯·特伦提乌斯·瓦罗（前116—前27），古罗马著名学者。

"哎，不错啊！"他又说，"我想在那个时代，下毒者要脱罪很容易。"

突然，他察觉有些不对劲，后颈处的头发像是根根都直立起来。

"喂喂，"他合上书，小声地问道，"喂，我是不是说错话了？"

"当然没有，"玛乔丽泰然自若地答道，"再说，马库斯舅舅的兴趣不就是研究犯罪吗？"

"的确，"马库斯舅舅转向年轻人，"告诉我——你叫什么来着？我怎么总记不住。"

"你明明知道他的名字！"玛乔丽喊道。

但从年轻人对马库斯那过于夸张的敬意来看，马库斯显然不只是玛乔丽的舅舅；他的地位相当于她的父亲。

"我是哈丁，先生。乔治·哈丁。"

"啊，对对。嗯，哈丁先生，告诉我，你是否听过巴斯[1]附近一个名叫索布里克洛斯的地方？"

"没有，先生。怎么了？"

"我们就住在那儿。"马库斯说。

他健步走到喷泉边坐定，似乎准备高谈阔论一番。他摘下帽子和太阳镜，放在膝上。除下面具后，一头铁丝般的灰发显露出来。它们尽管被梳了六十年，依然虬结散乱，不肯驯服。明亮的蓝眼珠透出智慧与恶意。他不时摩挲着下颌旁干涩的皮肤。

"现在，哈丁先生，"他继续说道，"请面对现实。假设你和

---

1. 英国城市，位于埃文郡东部。

玛乔丽间不仅仅是随便调调情而已。假设你们是认真的，或者假设你是认真的。"

众人间的气氛又起了变化，绕柱长廊里的那两人也受到波及。其中一人（在远处的旁观者看来）是个长相喜庆的中年人，秃头上戴着一顶毡帽；虽然戴了太阳镜，仍可看出他的圆脸上气色颇佳，是个养尊处优的人。他清了清嗓子。

"那么，"他说，"能否失陪一下，我要去——"

他身边那位长相较丑的高个子年轻人转过身去，故作漫不经心地开始研究房子的内部构造。

马库斯看着他们。

"垃圾，"他朗声说道，"你们不是我们家的人，你们两位都不是。但我们所知道的，你们也都知道。所以你们该干什么就干什么，别鬼鬼祟祟的。"

"马库斯舅舅，"女孩平静地说，"你觉得在这里谈这些合适吗？"

"我看挺好，亲爱的。"

"很好，"乔医生焦躁地同意，神色肃然，仿佛颇受重压，"该来的总要来，马库斯——好吧。"

乔治·哈丁的神情也同样严肃而充满勇气，"我只能保证，先生——"他的语调十分激昂。

"对，对，这我都知道，"马库斯说，"别搞得这么尴尬，没什么大不了的。绝大部分人都会结婚，而且结婚的时候也都清楚那些程序，想必你们也不例外。关键是，这桩婚事必须百分之百经过我的同意——"

"还有我。"乔医生十分坚决。

"好吧，"马库斯有点烦躁，"当然，也要经过我弟弟的同意。我们和你在旅途中认识，迄今一个月左右。你刚一开始与我的外甥女约会，我就指派律师去调查你的背景。唔，你看上去不错，履历很漂亮，没听到对你的恶评。你没有家庭，也没有钱……"

乔治·哈丁想解释几句，却被马库斯打断。

"是，是，我明白你是搞化工的，有可能赚到钱。但如果你们将来要以此为生，就别指望我投资哪怕一分钱。我对所谓的'新产业'毫无兴趣，它们令我厌恶，尤其是化工业，抬举了傻瓜们的脑子，我最烦那一套。不过你倒很有可能干出点样子。只要你头脑清醒，脚踏实地，混口饭吃是不成问题的，而且玛乔丽还可能帮你一把。懂我的意思吗？"

乔治又想解释，但这次插话的是玛乔丽。她微微脸红，目光却十分坦诚，整个人都极为镇静。

"只要回答'是的'就可以了，"她嘱咐道，"你唯一能说的只有这个。"

戴着毡帽的秃头男子原本一直将手肘倚在栏杆上，微微皱眉，审视着他们。此时他挥挥手，像是在课堂里想要吸引大家的注意力。

"等一下，马库斯，"他插话，"虽然威尔伯和我都不是你们家的人，但你却要我们两人在场，所以容我说句话：有必要用交叉询问的方式对待这孩子吗？他又不是——"

马库斯看了看他。

"提问等同于法庭上的'交叉询问'？"他说，"希望某些人放弃这种荒谬的想法。似乎每个写小说的都爱这么想，现在就连你这位教授也陷进去了。我真看不惯。我现在是在询问哈丁先生，明白吗？"

"明白。"乔治答道。

"哎，你可别昏了头。"教授好言劝道。

马库斯尽可能往后坐了坐，但还不至于栽进喷泉里。他的神色愈显波澜不惊。

"既然话都说到这份儿上了，"他的声音稍有变化，"你也该了解一些我们家的情况。玛乔丽透露过吗？恐怕没有。如果你认为我们是那种富贵闲人，每年这时候都跑出来度假三个月，那你就大错特错了。我确实很有钱，但我可不闲，也极少外出旅行。其他人也一样，这点可以确定。我有工作，而且，虽然我更愿意以学者而非商人自诩，但我的生意做得也不错。我的弟弟乔虽然生来比较懒，但他也有工作，他是索布里克洛斯的全科医生。尽管他这个医生当得不怎么样，却还挺招人喜欢。"

戴着太阳镜的乔医生满脸通红。

"请安静，"马库斯冷冷地说，"还有威尔伯——那边的威尔伯·埃密特负责为我管理生意。"

他朝柱廊内那相貌丑陋的高个儿年轻人点头。威尔伯·埃密特神情木然。与乔治·哈丁一样，他也对马库斯毕恭毕敬，但他的敬意更为彻底，也更为郑重，似乎随时都处于待命状态。

"自从受雇于我，"马库斯又说，"他也开始有工作了，这点我可以保证。另外那个秃头胖子是英格拉姆教授，我们家的朋友。他倒是没工作，但如果我安排一下，他也会忙起来。现在，哈丁先生，请你从头审视这一切，而且你要充分了解我。我是这个家的家长，这点绝不容错认。我并非暴君，我也不小气，我也不是不讲理，这些随便你找谁打听都行。"他伸长脖子，"但我这老家伙爱管闲事，认死理，闲不住，凡事都爱刨根问底。我行我素，一贯如此。明白吗？"

"明白。"乔治说。

"很好，"马库斯笑道，"既然如此，你可能很好奇，我们这趟三个月的假期是出于什么原因。不妨告诉你，起因是在索布里克洛斯这个村子里，出现了一个以大面积投毒杀人为乐的疯狂凶手。"

众人又陷入沉默。马库斯戴上太阳镜，这下所有人都跟着戴上了太阳镜，成了蒙面人。

"怎么都变哑巴了？"马库斯问道，"我可没说村里有饮水机或者安放在市场的十字架。我是说村子里有个以大面积投毒杀人为乐的疯狂凶手。他仅仅为了自己高兴，就用番木鳖碱[1]毒倒了三个孩子和一位十八岁的少女，其中一个孩子死了。玛乔丽特别喜欢那孩子。"

乔治·哈丁张开嘴，本想说点什么，又停住了。他看着手中的旅行指南，慌忙将其塞回衣袋里。

"对不起——"他说。

"不必。听我说，玛乔丽深受打击，一连病了好几个星期。正因如此，以及某种——某种氛围的缘故，"马库斯扶了扶太阳

---

1. 番木鳖碱：学名士的宁，是从马钱子中提取的一种生物碱。外观为无色柱状晶体或白色粉末，味极苦，性极毒。微量可做中枢兴奋药，现已很少使用。

镜，"我们决定出来旅游。"

"太脆弱了。"乔医生边嘀咕边盯着地面。

马库斯示意他别说话。

"哈丁先生，星期三我们将从那不勒斯乘'鹤崎丸'号回国，所以你最好对六月十七日发生在索布里克洛斯的事件有所了解。特里太太是村里大街上香烟糖果店的店主，孩子们就是吃了特里太太卖的奶油夹心巧克力之后，中了番木鳖碱的毒。或许你怀疑特里太太，但她可不会卖毒巧克力。警方认为有人通过某种方式，用毒巧克力调包了正常的巧克力。"他迟疑着，"关键在于，能接近巧克力，能如此偷梁换柱的人，肯定是索布里克洛斯的居民所熟悉的人。明白我的意思吗？"

太阳镜后的目光严厉地射向对方。

"我明白，先生。"

"至于我本人，"马库斯继续说，"巴不得早点回家——"

"老天，没错！"乔医生如释重负地喊道，"家里有好烟、好茶、好——"

绕柱长廊阴影内那神情严肃、长相丑陋的年轻人第一次开口了。低沉的嗓音为他那神秘的话语蒙上了一层预言般的面纱。他的双手都插在蓝色运动衣的口袋里。

"先生，"威尔伯·埃密特说，"我们不该在七八月份出行。把'早熟银桃'委托给麦克拉肯我不放心。"

"请你理解，哈丁先生，"马库斯厉声说，"我们并非贱民。我们只是随心所欲，想度假就去度假，想回家就回家；至少我本人如此。之所以我急于赶回去，是因为我觉得我能解决令他们备受折磨的问题。几个月前我就得到了部分答案，但有某些——"他重又显出迟疑，举起一只手，摆了摆，又放到膝盖上，"等你到了索布里克洛斯，你会发现有人含沙射影，有人交头接耳，你会感觉到种种莫名的气氛。你做好准备了吗？"

"是的。"乔治答道。

在那位从中庭门廊下注视他们的旁观者眼中，古老的柱子犹如画框，定格了这群人身处花园中的画面，而这幅画面恰恰成为后续事件的奇妙象征。但此刻他的思绪并未流向哲学层面。他没有踏进毒杀犯奥鲁斯·莱皮杜斯的家，而是转身步入陵园街，走向赫库兰尼姆城门。一缕朦胧的白雾在维苏威火山周围盘旋。刑事调查局的安德鲁·麦克安德鲁·艾略特警督坐到人行道上，点燃一支烟，盯着在路中间狂奔的棕色蜥蜴，陷入沉思。

第 2 章

苦味糖果

马库斯·切斯尼的乡间别墅贝勒加大宅发生谋杀当晚，艾略特警督驾驶他的爱车离开伦敦，于十一点半抵达索布里克洛斯。夜已深沉，当天是十月三日，但经过整个白天的明媚阳光照耀，天气还很暖和。

真是命中注定。哈德利警司命他接受此案时，他并未透露心中所想。萦绕在他心头的，不仅仅是庞贝古城里的那一幕，还有药店里的丑陋行径。

"每次都这样，"哈德利之前就大发牢骚，"等线索都断了就推给我们。案发都快四个月了！之前'扭曲的铰链'[1]那件悬案，你办得不错，所以你可能还有点本事，但也别太乐观。这次的案子你了解吗？"

"我——当时看过一些材料，长官。"

"嗯，现在又死灰复燃。自从切斯尼家族从国外旅行回来之后，好像怪事就接二连三，匿名信、墙上的涂鸦，诸如此类。老天，毒杀孩子，这太卑鄙了。"

---

1. 指作者的另一部作品 *Crooked Hinge*，又译为《歪曲的枢纽》。

艾略特犹豫着，心中隐隐腾起怒意："他们认为凶手在切斯尼家里，是吗？"

"不知道。警察局长克罗少校自有看法。克罗这个人，并不像他的外表那么淡定。一旦他形成某种思路，就会非常执着。另一方面，他也会把事实情况全部告诉你。他这人还不错，你在他手下应该可以如鱼得水。噢，如果你需要帮助，菲尔就在那附近。他在巴斯疗养，你不妨打个电话，给他找点事做，让他调剂一下。"

年轻的安德鲁·麦克安德鲁·艾略特办事认真，是典型的苏格兰人。一听说菲尔博士的消息，他顿时信心大增。或许他会向菲尔博士倾诉心事吧，他想，博士值得信任。

十一点半，他抵达索布里克洛斯，把车停在警局。索布里克洛斯位于城乡交界处，但村里有集市，又临近通往伦敦的公路，因此交通十分繁忙。而到了深夜这个时间，整个村子仿佛都被封印在沉睡之中。艾略特的车灯照出一扇扇毫无动静的窗户，为纪念维多利亚女王即位六十周年而设的自动饮水机上有一座照明钟，此刻是村里唯一的光源。

克罗少校和波斯维克警司在警局的警司办公室里等他。

"抱歉迟到了，长官，"艾略特对克罗少校说，"开到卡尔内街的时候车胎爆了，然后——"

"哦，没事，"警察局长说，"我们都是夜猫子。你住在哪儿？"

"警司建议我住'蓝狮'旅馆。"

"很好。你想现在就去把他们叫起来问话呢，还是先听我们介绍一下案情？"

"我想先听听情况，长官，如果不影响你休息的话。"

办公室里一片寂静，唯有时钟嘀嗒作响。煤气灯的光闪烁不定。克罗少校拿出一盒香烟。他个子不高，态度和蔼，声音也较温和，灰色的髭须刮得很干净；他身上明显带有军人的痕迹，这种人的成功往往显得不可思议，但只要和他有过接触，便会被他的高效作风所折服。警察局长点燃一根烟，略一沉吟，看着地板。

"其实应该由我向你道歉，警督，"他说，"既然早晚都要劳烦你走这一趟，我们该早就向苏格兰场求援才对。但切斯尼一行人回家后这几天，流言四起，人们普遍以为案情会有很大进展，"——他的笑容并无恶意——"因为苏格兰场介入了。现在，很多人希望我们逮捕威尔斯小姐，一个名叫玛乔丽·威尔斯的女孩。但目前证据不足。"

艾略特心绪翻腾，但没有表态。

"如果你了解特里太太那间店铺的格局，你就会明白难点所在。"克罗少校继续说道，"那样的店铺有成百上千家。面积非常小，很窄，但很深。左边的柜台卖烟叶和香烟，右边的柜台卖糖果，中间的通道刚够转身，通往店铺后面的租书处。能跟上吗？"

艾略特点点头。

"索布里克洛斯只有三家香烟糖果店，特里太太的店生意最好，大家都爱光顾。她性情开朗，而且做事干练。丈夫死后她要养五个孩子。能跟上吗？"

艾略特再次点头。

"你也知道那种商店卖糖果的方式：有些糖果放在扁平的玻璃柜里，但大部分糖果都比较随意地放在柜台上的玻璃瓶或敞开的盒子里。特里太太的柜台上有五个斜开口的盒子，你可以看到里面的东西，其中三个盒子装奶油夹心巧克力，一个盒子装硬巧克力，一个盒子装太妃糖。

"假设你想把下了毒的巧克力混进去，轻而易举！到别处买些巧克力——那种巧克力很普通，到处都有。用注射器往几块巧克力里加一点兑了番木鳖碱的酒精，表面上根本看不出痕迹。

"然后将巧克力藏在掌心里，走进特里太太的店铺（或者其他店铺也行），说要买烟，特里太太就会走到香烟柜台后面。假设你要买五十支或一百支烟，那她不光得转过身去，还得伸手或是拿梯子去高处的架子上拿一整盒一百支的。等她背对着你，你就可以把藏在背后的毒巧克力放进敞口的盒子。每天来店里买东西的何止百人，谁知道是你干的？哪有证据？"

他站起身，脸色微微发红。

"已经确定就是这种犯案手法了吗，长官？"艾略特问道。

"等等！这恶魔只想享受杀人的乐趣，完全不在乎杀的是谁，却能逍遥法外。我们面对的困难可想而知。

"首先要向你介绍马库斯·切斯尼以及他的亲友。切斯尼的住处是离这儿约四分之一英里的一座大宅，或许你已经见过了。非常精致整洁的宅子，一切都是最时髦、最上档次的。宅子取名‘贝勒加’，名字来源于一种桃子。"

"一种什么，长官？"

"一种桃子，"警察局长答道，"听说过切斯尼那著名的温室吗？没听过？占地足有半英亩[1]。他的父亲和祖父早就培育了可能是世界上最昂贵的桃子，产业到了马库斯这一辈继续发扬光大。这种桃子在西伦敦那些酒店售价极高。他能种出反季节的桃子，说是桃子的生长不必依赖阳光或气候，至于其中奥妙则是他的秘密，这秘密就更是价值连城。他培育的品种有‘贝勒加桃’‘早熟银桃’‘皇家蜜桃（他的得意之作）’。种桃收益不菲，听说他一年进账六位数呢。"

克罗少校停住话头，投来锐利的目光。

"至于切斯尼本人，"他继续说道，"在当地人缘不算太好。他太精明，又十分固执。其他人要么极为厌恶他，要么就只是表面上忍让他。小酒馆里那种闲话你懂的：‘啊，老切斯尼，那家伙！’然后摇头，偷笑，再灌一大杯啤酒。人人都觉得那家人怪怪的，却没人说得出究竟怪在哪里。

"玛乔丽·威尔斯是他的外甥女，他那已过世的妹妹的女儿。大家都觉得她似乎是个挺不错的女孩。但她颇有点脾气，虽然外貌甜美清纯，但我听说，有时她说出的话能吓死人。

"还有乔·切斯尼医生，挽救全家形象的人。大家都喜欢他。这人办事风风火火，就像一头怒吼的公牛。虽然很多人盛赞他的医术，但我却不太信任他的专业能力。他没和马库斯一

---

1. 英亩：英美制面积单位，1 英亩约等于 4047 平方米。

起住——马库斯不允许在贝勒加大宅开诊所——而是住在大宅那条路上稍有一小段距离的地方。然后是退职的英格拉姆教授，为人安静、和善，是马库斯的好友。他在同一条路上也有间小屋，邻居对他评价很高。最后还有切斯尼的温室管理员埃密特，不太起眼，也没什么人了解他。

"进入正题！六月十七日星期四，是举办集市的日子，来了很多人。目前可以确定，六月十七日之前，特里太太的店里并没有毒巧克力。原因如下：如我刚才所说，她有五个孩子，其中一个在十六日那天过生日。那天晚上特里太太办了个小型生日聚会，从柜台上的每个盒子里都拿了一把糖果（她还准备了其他甜食）。没有任何人因为吃了这些糖而出问题。

"我们拿到一份星期四当天进出特里太太店铺的全部人员的名单。整理这名单并不难，因为绝大部分人租了书，特里太太都登记了。可以确定，当天店里没有陌生客人。对了，马库斯·切斯尼去过，乔·切斯尼医生也去过。但英格拉姆教授和埃密特没去。"

艾略特已拿出笔记本，琢磨起自己涂画的奇怪记号。

"威尔斯小姐呢？"他刚问出口，温暖的夜、闪烁的煤气灯、警察局长忧虑的目光，似乎都变得分外清晰。

"正要说到她，"克罗少校接着说，"其实威尔斯小姐那天没去。事情是这样：下午四点左右，学校刚放学，她开着她舅舅的车来到索布里克洛斯，先是因为一点小问题去帕克斯的肉店投诉，出来时遇见八岁的弗兰奇·戴尔。好多人都说她一直都很喜欢弗兰奇。一名目击者还听到她说：'喂，弗兰奇，帮我到特里太太店里买三便士的奶油夹心巧克力，好吗？'然后给了那孩子六便士。

"特里太太的店距离肉店约五十码[1]。弗兰奇照办了。如我刚才所说，玻璃柜上有三盒奶油夹心巧克力。弗兰奇和多数孩子一样，分不清有什么区别，他就使劲指着中间的盒子说：'我要买三便士那个。'"

"等等，长官，"艾略特打断，"当时还有其他人买奶油夹心巧克力吗？"

"没有。甘草糖、巧克力棒和圆形硬糖都卖得不错，但那天还没人买奶油夹心巧克力。"

"请继续。"

"特里太太给他称了糖。那种巧克力的价格是每四分之一磅[2]卖六便士，他买了两盎司[3]，一共六块巧克力。然后弗兰奇拿着装在小纸袋里的巧克力回去找威尔斯小姐。那天下着雨，威尔斯小姐穿的雨衣口袋很深。她先把纸袋放进雨衣口袋，然后似乎改变了主意，又拿出一个纸袋。她拿出一个纸袋，听懂了吗？"

"嗯。"

"她打开纸袋，朝里头看了看，然后说：'弗兰奇，你买的是白色夹心的小块巧克力。可我要的是粉红色夹心的大块巧克

---

1. 码：英美制长度单位，1 码约等于 0.9144 米。
2. 磅：英美制重量单位，1 磅约等于 0.4536 千克。
3. 盎司：作为常衡重量单位时，1 盎司约为 28.35 克。

力。麻烦你回去找特里太太换一下，好吗？'特里太太当然答应了。她把之前的巧克力倒进中间那个盒子，又从右边的盒子里取了巧克力装进袋子里。弗兰奇又把巧克力带回给威尔斯小姐，她说剩下的零钱就不用还了。

"接下来我就一口气说完吧，"克罗少校深吸一口气，望向艾略特的目光一凛，"弗兰奇没有马上花掉他的三便士；他回家喝下午茶，结束后又去了特里太太店里。不知他是否早就想好要买奶油夹心巧克力，总之结果是他在这上头花了两便士——那种白色夹心小块的——剩下一便士买了甘草糖。六点十五分左右，一个名叫露易丝·科顿的女佣（她给安德森夫妇打工）带着安德森家的两个孩子到店里来，三个盒子里的巧克力各买了些，一共半磅。

"所有吃了中间那个盒子里的巧克力的人，都抱怨味道特别苦。可怜的小弗兰奇没能逃过这一劫，因为他买了足足两便士，而且狼吞虎咽都吃了。约一小时后，剧痛发作，当晚十一点，他在极度痛苦中死去。安德森家的孩子以及露易丝·科顿则幸运得多。小多萝西·安德森刚咬了一口巧克力就大声哭闹说味道苦得没法吃——她的原话是'好臭'。露易丝·科顿出于好奇也尝了一点。汤米·安德森吵嚷着也要吃一口。露易丝又尝了另一颗巧克力，同样很苦。她以为巧克力变质了，就放回手提袋里，准备回头再找特里太太投诉。三个人都没死，但当晚露易丝几乎是从死亡线上挣扎回来的。毒药都是番木鳖碱。"

克罗少校停住了，他的口吻一直都很平静，但艾略特并不喜欢他眼中的神情。他点了支烟，又坐下来。

　　然后他说："我在这里待了十二年，却从没见过一件事能激起这样的滔天巨浪。当然，最早见报的消息是特里太太的店铺出售毒巧克力，她便成了众矢之的。有些人可能觉得，既然买到的巧克力有毒，那么买到的肉会不会也有毒？特里太太陷入了歇斯底里的状态，不停尖叫、哭喊，拿围裙蒙着脸。人们砸烂了她的窗户；弗兰奇·戴尔的父亲几乎疯掉了。

　　"但一两天后，他们逐渐冷静下来，开始追究原委。乔·切斯尼在'蓝狮'旅馆的酒吧里公开说那是蓄意毒杀。他去抢救过弗兰奇。弗兰奇吃了三块巧克力，服下的番木鳖碱剂量约为六又四分之一格令[1]。而十六分之一格令的番木鳖碱便足以致命。另三位受害人摄入的番木鳖碱剂量一共是两格令。中间盒子里剩余的巧克力被送去检验，发现其中还有两块分别含有超过两格令的番木鳖碱（以溶于酒精的形式存在）；除了露易丝·科顿与孩子们分吃的两块巧克力外，她的手提袋里还有两块，含毒量也差不多。也就是说，被注射了毒药的巧克力共有十块，而且每块的含毒量都能置人于死地。有人想杀人，而且还想让受害者死前遭受最大限度的痛苦。

　　"那么——显而易见——有三种可能性：

　　"第一种，特里太太蓄意在巧克力里下毒。最初的风波过后，已无人持这种观点。

　　"第二种，案发当天有人到店里，如我刚才所说，趁特里太

---

1. 格令：重量单位，1格令约等于64.8毫克。

太转身的机会，将一把下了毒的巧克力放进中间的盒子。

"第三种，凶手是玛乔丽·威尔斯。她在雨衣口袋里准备了一袋毒巧克力，弗兰奇带给她一袋无毒的奶油夹心巧克力时，她放进口袋，取出毒巧克力，让弗兰奇拿回去换。于是毒巧克力就进了中间的盒子。懂了吗？"

艾略特皱起眉头。

"是的，长官，我明白。可是——"

"的确！"少校打断他，那目光仿佛要将对方催眠，"我知道你想说什么。这种推论有一个障碍。她买了六块巧克力，但中间的盒子里共有十块毒巧克力。如果她调包后拿回去换的袋子里只有六块巧克力，那多出的四块是怎么来的？如果她调包的袋子里有十块巧克力，而不是六块，难道特里太太把巧克力倒进盒子时不会发现？"

波斯维克警司迄今仍一言不发，他身躯敦实，一直抱着双臂坐在那儿，盯着日历。此时他才清了清嗓子。

"有人说如果她当时正忙着，"他说，"可能真的没留意。"

他再次清清嗓子，又说："无论苏格兰场是否介入，我们都要不惜一切代价抓到那该死的杀人魔。"

这一表态可谓掷地有声。克罗少校望向艾略特。

"波斯维克看问题一向很公正，"他说，"如果连他都这样想，你觉得其他人呢？"

"我懂，"艾略特心头微微一颤，"是不是所有人都认定威尔斯小姐——"

"你只能自己去查。一般人没兴趣像我们这样追根究底,这就是麻烦所在。起初,那毫无指向性的杀人方式,凶手那极致扭曲的心态令人惊愕万分。然后——对比六十多年前那起发生在布莱顿的著名毒杀案,这次的案情几乎与之如出一辙(虽然'蓝狮'的客人们都不知道,谢天谢地)。听说过1871年的克里斯蒂安娜·埃德蒙兹一案吗?她的手法就是让小孩拿毒巧克力回店里去换,从而完成调包。一模一样。我估计她是在皮手筒里藏了一个样式相同的纸袋,借孩子的手偷梁换柱。"

"克里斯蒂安娜·埃德蒙兹,"艾略特沉吟道,"如果我没记错,她后来发疯了,死在布罗德穆尔。"

"没错,"少校沉声答道,"有人觉得这个女孩也会走她的老路。"

他稍一停顿,又继续展开推理:

"可是,要说她是凶手,证据也很不充分。说不通,就是说不通。首先,毒药与她没有联系:无法证明她购买过、借用过、发现过或者盗窃过哪怕百万分之一格令的毒药。村民们对此的看法很简单:切斯尼医生很喜欢她,而据说乔·切斯尼有点粗心大意,像放烟叶那样随手乱放番木鳖碱也不奇怪。的确,他的诊所里有番木鳖碱,但他向我们保证,剂量没有减少。

"其次,特里太太自己也发誓,弗兰奇·戴尔拿回来的袋子里只有六块巧克力。

"再者,倘若凶手就是玛乔丽·威尔斯,那她的手法未免太过愚蠢。她甚至没有像发疯的克里斯蒂娜·埃德蒙兹那样采取一些掩护措施。布莱顿毕竟是个大城市，某个女人利用一个不认识她的小孩施行调包，事后逃过指认的可能性不小。可这女孩！——在我们这种小地方的中心地段，跟与她熟识的男孩说话，还当着许多证人的面？见鬼，这岂不是不打自招！如果她想在巧克力里下毒，完全可以用我刚才描述的方式，绝不会惹来嫌疑。

"不，警督，假如控告她是凶手，一个出色的律师用不了二十分钟就可以把检方驳得体无完肤。我们总不能只为了平息事端就逮捕她。更何况，我并不希望她是凶手。她是个漂亮的小姑娘，在这事之前没人说她坏话，充其量只有'切斯尼一家都是怪人'之类。"

"切斯尼一家出国旅游之前，矛头是否已经指向她？"

"唔，原本只是风言风语，他们出国后，对她的质疑才浮出水面。他们回来后形势进一步恶化。我们这位警司担心某些头脑发热的村民会去破坏马库斯的温室。不过我倒没那么悲观。这里的年轻人嘴上说归说，行动起来却很有耐心，总是盼着官方先介入，除非我们不作为，否则他们是不会诉诸暴力的。老天，我会想尽一切办法！"少校忽然面露忧色，"我也有孩子，和他们一样，我也无法容忍这种罪行。另外，马库斯·切斯尼的态度也不对劲。从欧洲大陆回来后，他口口声声喊着要报复，还说等我们一筹莫展的时候，他来帮我们破案。事实上，前天他刚来过，问了一堆莫名其妙的问题——"

艾略特顿时竖起耳朵。

"真的？"他追问，"问了什么，长官？"

警察局长朝波斯维克警司投以询问的目光，警司似乎有一肚子话要说。

"那位老爷想知道特里太太的柜台上那些巧克力盒的准确尺寸，"波斯维克警司不无讽刺地说，"我问他有什么目的，他倒发起火来，说不关我的事。我叫他最好去问特里太太。然后他说——"警司呵呵的笑声有点吓人，"他说还有个问题想问我，但因为我蠢得无可救药，他就不问了，后果都由我自己承担。他说他向来就知道我不善于观察，现在才知道我连脑子都没有。"

"长久以来他都执着于一个观点，"少校从旁解释，"所谓'绝大多数人无法准确描述其亲眼所见或亲耳所闻的——'"

"这我知道。"艾略特说。

"你知道？"

艾略特没来得及回答，因为电话铃响了。克罗少校颇不耐烦地看了看嘀嘀嗒嗒吵个不停的钟，指针指向十二点二十分。波斯维克的庞大身躯挪过去接电话，艾略特和警察局长则如同陷入一场迷离而令人不适的梦境之中。少校疲惫而消沉，艾略特也情绪低落。唤醒他们的是波斯维克的声音——他重复了一遍，"长官？"语调微微有些尖利。克罗少校猛然转身，椅背砰的一声磕在办公桌桌沿。

"是乔医生，"警司语气沉重，"你最好和他说几句，长官。"

他前额渗出的微汗正稍稍反光，但眼神中并未透露什么讯息。他递过话筒。

克罗少校接过电话，一言不发地听了一分钟左右。寂静中，艾略特能听见电话那头说个不停，却听不清具体内容。然后警察局长慎重地挂断电话。

"是乔·切斯尼，"他多此一举地重复一遍，"马库斯死了，医生认为他死于氰化物中毒。"

房间里再次充斥着钟的嘀嗒声，克罗少校清了清嗓子。

"马库斯似乎用最后一口气证明了他最得意的理论，"他接着说道，"如果我没理解错，医生的意思是，家里每个人都眼睁睁看着他中了毒，然而没有任何一个人能说清究竟发生了什么。"

第 3 章

苦杏仁

贝勒加大宅称得上是一座无可挑剔的建筑。虽然占地面积很大，却并非祖上传下的产业，也没有刻意仿古。大宅以黄色荷兰砖建成，正面延展得很长，显得有些低矮；陡峭的屋顶下，侧面的蓝色山墙看上去脏兮兮的。

但在此时，艾略特警督要辨认大宅的细节颇有难度。天空阴云密布，大宅正面没有哪怕一丝光线。可当他们驶进车道时，左侧却有一道光从房子侧面射出，正是之前他们在大路上所望见的亮光。艾略特将车停在车道上，克罗少校和波斯维克从后座钻出来。

"请稍等，长官，"艾略特恭敬地说，"进去之前最好先明确一下，我该把自己摆在什么位置？我是被指派来调查糖果店一案的，但现在——"

黑暗中，他感觉到克罗少校正面带冷笑审视着他。

"你做事很讲规矩，是吗？"警察局长问道，"也好，也好，先说清楚也不错，"他马上又补充，"老弟，这案子归你了。你来处理，由波斯维克监督。我先了解一下究竟出了什么事，就回家睡觉。我们开始吧。"

艾略特没有上前去敲正门，而是绕到房子侧面，查看转角处的情形。贝勒加大宅的进深看上去不太深，侧面有并排的三个房间，每间有两扇落地窗，窗外是一道狭窄的草坪，草坪上种了一排与落地窗平行的栗子树。第一个房间（从大宅正面数过去）是暗的，射出灯光的是后两个房间的落地窗，尤其是第三间。光滑的草坪在灯光下绿得不太真实，栗子树的每片黄叶也都被照亮，投下颇具戏剧效果的影子。

　　艾略特朝第二个房间里看了看，屋里没人，两扇覆着厚天鹅绒窗帘的落地窗都开着。这应该是一间音乐室，陈设十分精致，包括一架钢琴、一台留声机；椅子摆得比较乱。紧闭的双扇门通向第三个房间。这出奇的静默无疑预示着不祥。

　　"有人吗？"艾略特大喊。

　　没人回答。他又往前去查看双扇门所通向的另一个亮着灯的房间。然后他突然停住了。

　　在房子和栗子树之间狭长的草坪上，最后这个房间的窗外，有一堆艾略特从未见过的奇怪东西。首先映入眼帘的是一顶礼帽，帽顶很高、锃亮的老式礼帽，上面的绒毛磨损得很厉害。旁边有一件老式长雨衣，口袋很深，同样显得十分破旧。雨衣边上有条棕色羊毛围巾，以及一副深色太阳镜。最后，这堆东西当中立着一个黑色提包，比医生的药箱要大不少，但比手提箱小。包上印的字样是：R. H. Nemo，M. D.（R. H. 虚无医生）。

　　"看样子，"克罗少校不冷不热地说，"刚才好像有人在这里脱衣服。"

　　艾略特没有回答。因为他已经看见了房中的情形，那幅景象可不太妙。

这房间的两扇窗也敞开着。看上去这是办公室或者书房。房间正中有张宽大的桌子,桌上摆着记事簿和钢笔盘;桌子后方,也就是艾略特的左方,有一把办公椅,正好面对连接隔壁房间的双扇门。桌上的一盏铜灯装了光芒炫目的大功率电灯泡,艾略特知道那是专用于室内照相的摄影灯泡;如果有人坐在办公椅上,灯罩倾斜的角度恰好能让灯光聚集于他的脸和身体。而此刻那张椅子上有人。

马库斯·切斯尼侧坐着,双肩耸起,两手紧抓椅子的扶手,似乎正竭力站起身;然而这只是"他还活着"的幻觉而已。他的双腿耷拉着,身体的重量都抵在椅背上,脸色青紫,前额暴涨出暗蓝色的血管,与他的灰白头发相对照,令人触目惊心;他充血的眼皮紧闭,唇间浮着一丝泡沫。

摄影灯泡的耀眼白光无情地笼罩着他,将这一切呈现得一览无余。马库斯·切斯尼背后那堵墙上有一个精美的木壁炉架,壁炉架上立着一座白色的钟,小钟摆不知疲倦地往复摆动,嘀嗒响个不停。指针指向十二点二十五分。

"没错,他死了,"克罗少校故作轻松,"但是——你看——"

他的声音逐渐被淹没在大得离奇的嘀嗒声中。即使在窗边,他们仍能闻到苦杏仁的气味。

"你说什么,长官?"艾略特边记忆现场的细节边问。

"我是说,他死前好像经历过痛苦的挣扎。"

"是的。"

"乔·切斯尼说是氰化物中毒。这里的确有那种味道。我虽不敢说从前闻过，但大家都知道那气味是怎么回事。不过，氰化物不是能立即发作，瞬间夺命吗？死者应该毫无痛苦才对。"

"不，长官，没有哪种毒药能达到这个效果。氰化物的毒效发作非常迅速，但所谓'迅速'其实是指仅需几分钟，而不是——"

光说是不够的，必须进一步调查。然而，艾略特站在窗前，凭着想象力，将房中那丑陋的一切拼成一幅清晰而生动的画面。死者坐在办公桌后，面朝房间另一边的双扇门，一道强光照射着他。这简直就像一个舞台——有照明的舞台。如果双扇门敞开着，有人坐在门外往门里看的话，这房间就像一个舞台。双扇门好比帷幕，而马库斯·切斯尼就是演员。落在窗外的那些就是奇奇怪怪的舞台道具：一顶礼帽，一件雨衣，一条围巾，一副太阳镜，以及一个黑色提包，印着一个幽灵般的医生的名字。唔，先不着急。

艾略特看了看自己的手表，时间与壁炉架上的钟相一致。他在笔记本上做了记录，然后走进房间。

马库斯嘴边的苦杏仁气味非常强烈。此时距离他的死亡时间很短；他的双手依然紧握着椅子扶手。他身着晚礼服，衬衫前襟从马甲里鼓出来，前胸口袋里的手帕后，有张折叠的纸探出一角。

如果他服下了毒药，那么现场应该有盛放毒药的容器，但艾略特没找到。桌面擦得很干净，除了摆得整整齐齐的吸墨纸和钢笔盘，就只有两件物品：一支深蓝色的铅笔，既不是圆形，也不是六角形，而是扁平的形状；铅笔没有放在钢笔盘里，而是躺在记事簿上。还有一个大约能装两磅便宜巧克力的纸盒，光滑的硬纸板上绘有蓝色壁纸那种花纹，盖子上还有"亨利牌薄荷奶油夹心巧克力"烫金字样。

"喂！"隔壁房间有人在喊。

地毯很厚，他们没听见脚步声。而且灯泡的光圈范围之外一片黑暗，即便有人摸索着推开双扇门，他们也看不见什么。乔·切斯尼医生冲了进来，又猛然止步。

"噢，"乔医生喘着粗气，"原来是你，少校。还有波斯维克。感谢上帝。"

少校草草和他打了个招呼。

"正好奇你到哪儿去了，"他说，"这位是从苏格兰场来支援我们的艾略特警督，请你向他介绍一下这里出了什么事。"

乔医生好奇地打量着艾略特，周围的空气仿佛在他的目光驱动下，卷起了一阵风；他带来了一股白兰地与苦杏仁相混合的气息。他的嘴唇微缩，呼出的气息吹动了短短的棕黄色髭须。回到家里的他虽然穿着厚呢西装，却不如在意大利时那么干劲十足，身材看上去也没那么壮实。他有浓密的棕黄色头发和红色眉毛，目光温和，眼角的鱼尾纹令整张脸的下半部像是依靠铰链来带动的。但这张胖脸此时却称不上和颜悦色。

"我不知道出了什么事，"他十分不满地抱怨，"当时我不在这里。我又不会分身术。刚才我在楼上照顾另一个病人。"

"另一个病人？谁？"

"威尔伯·埃密特。"

"威尔伯·埃密特！"少校惊呼，"难道他——"

"哦，不不，他没死。不过后脑勺狠狠挨了一下，脑震荡。"

乔医生双手紧握，像洗手似的反复摩擦，"这样吧，我们到隔壁房间如何？我倒不介意和那个待在一起，"他指了指他的哥哥，"只是，摄影灯泡的寿命有限，如果一直让它亮着，它很快就会烧完，然后你们只能摸黑干活了，"他又搓着手，"搜查线索什么的，呃？"

见警察局长点头同意，艾略特便用手帕缠住手指，关了灯。乔·切斯尼快步走进隔壁房间。在音乐室里，艾略特看出他既焦躁又紧张。

克罗少校将双扇门半掩上。

"好了，"他马上说，"警司，如果他们不介意你用电话，请你打给法医，问问——"

"你找法医干什么？我就是医生。我可以告诉你，他已经死了。"

"这是程序要求，切斯尼。你应该明白。"

"如果你不信任我的专业水平——"

"没那回事，老兄。警督，交给你了。"

乔医生转向艾略特："所以你是苏格兰场的人？"他问道，旋即若有所思。"不可能！怎么来得这么快？"他又想了想，"不可能。"

"我是为了另一个案件而来，医生。毒杀孩子的案件。"

"噢，"乔医生神色稍缓，"原来手头还有工作啊。"

"是的，"艾略特承认，"那么，医生，麻烦你介绍一下今晚这里究竟发生了什么——"

"愚蠢的把戏，"乔医生顿时咆哮道，"愚蠢的把戏！马库斯想给他们演一出戏。老天在上，他做到了！"

"演一出戏？"

"我说不清他们都做了什么，"乔医生指出，"因为我不在场。但我可以告诉你他们原本准备做什么，因为吃晚饭时他们从头到尾都在争论。已经争过很多次了，但从来没具体到这个地步。马库斯说百分之九十九的人作为证人都是不合格的。他说他们无法向你陈述他们的亲眼所见；发生火灾、车祸、暴乱之类事件时，警察取得的证言都相互矛盾，根本不具备作为证据的价值。"他忽然好奇地盯着艾略特，"这是真的吗？"

"经常如此，没错。但和这件事有什么关系？"

"唔，他们一直都不赞同马库斯，理由虽然各不相同，但人人都表示自己不可能被蒙蔽。包括我，"乔医生略带戒心地说，"至今我仍然持这种观点。但最后马库斯说他要做个小小的试验。他想按照过去在某所大学尝试过的方法，对他们进行一次心理测试。他说要在他们面前演一出戏，演出结束时，他们必须根据自己的亲眼所见，回答一系列问题。他打赌，其中至少百分之六十的答案是错的。"

乔医生颇为恳切地转向克罗少校。

"马库斯这人你是了解的。我总说他像——那人叫什么名字来着——我们上学时读到过的那个作家——为了正确描述一朵无关紧要的花，不惜亲自徒步二十英里。马库斯一旦有了想法，立刻就会付诸行动。所以他们就玩了这个小游戏。结果在玩到一半的时候——唔，有人进来杀了马库斯。如果我没理解错他们的意思，在场的每个人都看见了凶手，留意了他的一举一动。

然而他们对于所发生的一切，却有着截然不同的说法。"

乔医生停住了。他的声音粗哑如雷，脸色涨红，那眼神令艾略特不禁担心他就要彻底崩溃，大哭起来。幸好他表现得非常真诚，否则他的样子会显得相当怪诞。

克罗少校插话："难道他们无法描述凶手的模样？"

"是的。那家伙裹得严严实实，简直像个蒙面人。"

"像个什么？"

"你懂的。长大衣，领子翻起，头和脸都被围巾包裹着，深色太阳镜，帽檐压得很低。他们说他看上去很吓人，但他们以为那也是表演的一部分。老天，多么可怕啊！这——这妖怪走进来——"

"可是——"

"抱歉，长官。"艾略特警督打断他们。他预感此案将会相当棘手，所以想先理清事件的发生顺序。他问医生："你说'他们'看到了这一幕。'他们'是指哪些人？"

"英格拉姆教授、玛乔丽，还有那个年轻人，叫乔治还是什么名字来着。"

"还有其他人吗？"

"没，据我所知没有。马库斯叫我也参加，但我说过，我还得出去诊治病人。马库斯说他要到很晚才开始表演，如果我答应在十二点之前回来，他会等我。这种事我当然没法保证。我只能说会尽量争取，但如果十一点四十五分我还没赶回来，就不必等我了。"

乔医生深吸了两口气，渐渐平复情绪，坐了下来。他抬起熊掌般粗大的双手和小臂，放在膝盖上。

"表演几点开始？"艾略特又问。

"他们说十二点整。这是他们唯一意见一致的地方。"

"医生，关于这起谋杀案，能否谈谈你个人所了解的任何信息？"

"不能！十二点时我刚刚从村子另一头的病人家出来。很麻烦，她生孩子。我想开车回来说不定还能赶上，但是太晚了。我大约十二点十分赶到，发现可怜的老家伙已经没救了。"这时，他似乎突然想起了什么，脑中似有灵光闪过，一只发红的眼睛微微一抬。

"我想说点别的，"他的声音变得柔和起来，"这件事只带来了一个好结果，我该不该让那些人彻底闭嘴呢？

"是这样的，警督，你说你来这里是为了调查特里太太糖果店下毒的案子，所以你多半已经猜到我要说什么。但我无论如何都得告诉你。这三四个月来，人们一直议论，说我的外甥女是凶手，说她给人下毒只为观赏受害人痛苦扭动的场面。他们没有当着我的面说，他们没那个胆子！但既然他们有这种说法，现在我该不该让他们彻底闭嘴？因为有件事已经得到证明：无论杀害我哥哥的凶手是谁，都不会是玛乔丽。无论村里的毒杀犯是谁，也都不可能是玛乔丽。即便马库斯为证明这一点搭上了一条命，也值了。你听清了吗？值了。"

他内疚地一跃而起，放下拳头。房间另一侧通向走廊的门打开了，玛乔丽·威尔斯走了进来。

音乐室天花板上有一座水晶吊灯，所有形似蜡烛的灯泡都亮着。玛乔丽开门时双眼一眨，快步进门，小巧的黑色拖鞋无声地掠过地毯。她一手搭在乔医生的肩上。

"请上楼看看，"她催促道，"威尔伯的呼吸不太对劲。"

然后她抬起头，看见眼前的众人，吃了一惊。那双灰色的眼眸流露出茫然的目光，随即，当那目光移到艾略特身上时，却像是捕捉到了什么。她的眼睛稍稍眯起，似乎瞬间便凝聚起极大的专注，但在她挺直身子时那专注又消散了。

她说："你该不是——我是说，我们之前没见过吗？"

第4章

太阳镜

艾略特又一次失误了。出于某种个人原因，他的嗓音变得相当尖锐，警察局长不禁瞪了他一眼。

"应该没有，威尔斯小姐，"他说，"请坐。"

她又用那种迷茫的眼神望着他。当时的记忆又活灵活现地浮现于他的眼前。从没有任何一个人能给他留下如此深刻的印象，她的形象仿佛触手可及。他似乎完全了解她的一举一动，知道她会如何扭头，如何抬手按住前额。

"你太紧张了，玛乔丽，"乔医生轻拍她的手，"这位是来自苏格兰场的警督。他——"

"苏格兰场，"女孩说，"这么严重吗？"

她笑了起来。

她立即克制住自己，而她的目光却与笑意绝缘。她的一切都深深刻在艾略特脑海中：富有光泽的深棕色头发，对分开来，披到耳后，在后颈处绕出一个个小卷；宽阔的前额，微弯的眉毛，若有所思的灰色眼眸；仿佛始终平静无波的嘴。在他眼中，她算不上多美丽，但他对此毫不介意。

"对不起，"她从迷茫的状态中挣脱出来，"我可能没听清，你说什么？"

"请坐，威尔斯小姐，方便的话，我们想听听你对你舅舅之死的看法。"

她朝双扇门后黑暗的房间投去匆匆一瞥，接着又盯着地板看了一会儿，双手紧握一两次，随后才至少是表面上镇静地将头往后一甩。然而，他在她身上看出的幽默和聪慧，恐怕并不足以抵御四个月来那些流言蜚语的杀伤力。

"那灯泡不至于烧完了吧？"她用手背使劲搓着前额，"你是来逮捕我的吗？"

"不是。"

"那——好吧，你想问什么？"

"请你想到什么说什么就好，威尔斯小姐。切斯尼医生，你是否该去照料病人？"

艾略特那种沉稳、不动声色的苏格兰式礼貌发挥了作用。她若有所思地望着他，呼吸渐渐不那么急促了。她坐进他拉过来的椅子，两腿交叠。此时玛乔丽身着一件简单的黑色晚礼服，没戴戒指或其他首饰，手上就连一枚订婚戒指都没有。

"警督，我们必须留在这儿吗？我是指，留在这个房间里？"

"是的。"

"舅舅从前有一套理论，"她说，"每当他形成一套理论，就会进行测试，结果就成了这样。"她将那所谓的理论介绍了一遍。

"威尔斯小姐，我听说起因是晚餐时的一次争论？"

"没错。"

"挑起争论的是谁？我的意思是，谁先触及这个话题？"

"是马库斯舅舅。"女孩似乎吃了一惊。

"而你不同意他的观点？"

"嗯。"

"为什么，威尔斯小姐？你的理由是？"

"啊，这很重要吗？"玛乔丽惊呼，微微睁大眼睛，神态有些不耐烦。但艾略特的下颌分明写着"永不言弃"，她只好困惑而略显激动地接着说："原因？可能只是为了找点事做吧。我们回来以后，气氛一直很糟，即便乔治在这儿也一样。乔治是我的未婚夫，我——我是在国外的一次旅途中遇到他的。话说回来，马库斯舅舅总是那么自信。不过，我始终相信我对他说的那句话。"

"说了什么？"

"男人都不善于观察，"玛乔丽平静地说，"所以你们男人才无法成为优秀的证人。你们注意力不集中，从头到尾都只关注自己的想法，只会向内看，聚焦于自己的事情或者手头的麻烦。所以你们根本不去观察。需要我证明吗？你们总取笑说女人特别了解其他女人穿什么，就连皮带或手镯都一清二楚。唔，难道你们以为女人不会留意男人的穿着吗？描述不出来吗？问题不在于留意其他女人，而在于观察力本身。可你们是否注意过别人的衣着呢？比如说，另一个男人？不。只要他的西装或领带还算看得过去，你们就不在乎了。你们是否观察过细节？他的鞋，或者他的手？"

她略一停顿，转头看了看双扇门。

"之所以跟你说这些，是因为我向马库斯舅舅发过誓，没有哪个聪明的女人会弄错她的亲眼所见。除非他能证明我办不到。我不会弄错的。"

玛乔丽倾身向前，显得异常认真。

"是这样，"她又说，"有人进来——"

"等等，威尔斯小姐，还有谁不认同你舅舅的结论？"

"乔舅舅不同意他的总体观点，英格拉姆教授也强烈反对。你知道，他是心理学教授。他说这种观点大体上有其合理性，但他自己不可能会犯错。教授说他是训练有素的观察者，了解所有套路。他还为此和马库斯舅舅打赌，赌注是五十英镑。"

她望向乔医生的椅子，但乔医生不知何时已经神不知鬼不觉地离开了。波斯维克警司回到房里，克罗少校则抱着双臂，倾身倚着大钢琴。

"那你的——未婚夫怎么看？"

"乔治？哦，他也不同意。但他要求让他用小型摄影机把整个过程拍摄下来，以免事后再有争议。"

艾略特顿时坐直了。

"你是说，这里所发生的一切都被拍成影片了？"

"那当然。所以才要用到摄影灯泡。"

"原来如此，"艾略特松了口气，"那么在场的观众都有谁？"

"只有英格拉姆教授、乔治和我。乔舅舅要出去探视一些病人。”

“可这个头部受到重击的人又是怎么回事？这位埃密特先生？他不在现场吗？”

“不，不。他本来是马库斯舅舅的助手，你不明白吗？按计划，他本该是这场戏中的另一个演员。

“事情经过是这样——虽然我们也是事后才了解这些。”她解释，“晚餐后，马库斯舅舅和威尔伯·埃密特一起，开始筹备他们要向我们展示的表演，有点像那种‘你比画我来猜’的游戏。舞台就是马库斯舅舅的书房——在那儿——而这边是我们的观众席。威尔伯会穿着某种奇装异服走进来，越奇怪越好，我们事后必须详细描述他的着装。他和马库斯舅舅会有几句莫名其妙的对白，我们也必须准确无误地予以复述。马库斯舅舅还为我们准备了一长串问题。唔，临近午夜时，马库斯舅舅将我们集中到这里，给了一些指示——”

艾略特打断她。

“等一下。你说‘临近午夜’，这场表演的开始时间是不是特别晚？”

他感觉她脸上浮现出因迷惑而有些懊恼的神情。

“是的，很晚。英格拉姆教授很不高兴，因为他想回家。晚餐九点十五分结束，乔治和我一头雾水，只好在图书室没完没了地玩拉米纸牌[1]。但马库斯舅舅坚持要等。”

“他有解释原因吗？”

---

1. 一种在欧美很流行的纸牌游戏玩法。

"他说想等乔舅舅回来一起参与。可是，十一点四十五分的时候乔舅舅还没回来，他就决定开始表演。"

"还有一点，威尔斯小姐。当时你还不知道埃密特先生也有份——我的意思是，他担任你舅舅的助手，在这场演出中也有角色？"

"噢，不知道！晚餐后我们根本没见过威尔伯。我们只知道马库斯舅舅把自己关在这两个房间里做准备。"

"请继续说。"

"嗯，马库斯舅舅召集我们过来，"她接着说道，"给了一些指示。窗帘都拉上了，"她指了指——"双扇门关着，我们看不到书房里的景象。他站在这儿朝我们说了一番话。"

"你能准确回忆起他的原话吗？"

她点点头。

"可以。他说，第一，演出过程中，你们将坐在一片黑暗之中。乔治提出异议，说他怎么可能在黑暗中摄影。马库斯舅舅解释说他借用我的摄影灯泡，那是当天早上我为他买来的，已经装在书房里。它的光可以直接照射舅舅的演出舞台，确保我们看得清清楚楚。"

这时艾略特感觉到女孩身上流露出一股犹疑不决的气息，明显得像是喷了香水。

"但不知为何，我觉得其中有问题。"她又说。

"为什么？"

"马库斯舅舅的样子不太对劲，"她高声说，"毕竟我和他一起住了这么久——还有他说的话。他说，第二，无论你们看见什么，都不要说话打岔。明白吗？最后，他走进书房之前又说，当心，可能有陷阱。说完他就走进书房，关上双扇门。我关了灯，几秒钟后，演出揭幕。

"马库斯舅舅将双扇门完全拉开，表演开始。我只觉得既兴奋又紧张，也不知是为什么。

"房里只有他一个人。我几乎能看到整间书房。他开门后慢慢走回去，在房间中央的桌子后面坐下，面朝我们。摄影灯泡装在一盏铜灯里，位于桌子前方稍偏右侧，这个角度可以照亮一切，又不会干扰我们观察马库斯舅舅的动作。灯泡在他身后的墙上投下炫目的白光，以及他巨大的影子。我们可以看到他背后壁炉架上那座钟的白色钟面，以及闪闪发光来回摆动的钟摆。时间是半夜十二点整。

"马库斯舅舅坐在那儿，面朝我们。桌上有个巧克力盒，还有一支铅笔、一支钢笔。他先拿起铅笔，然后是钢笔，先后装出用两支笔写字的样子。然后他环视四周。书房里的一扇落地窗打开了，一个戴着大礼帽和太阳镜，看上去很可怕的人从草地上迈进房间里。"

玛乔丽停下来清了清嗓子，紧接着又说：

"如果不考虑那顶带毛边的大礼帽，他身高大约六英尺，身穿一件脏兮兮的长雨衣，领子竖起。他的脸上有些歪歪扭扭的褐色痕迹，戴着太阳镜。他还戴了亮闪闪的手套，拎着一个黑包。我们当然不知道他是谁，但我当时就很不喜欢他的模样。他看起来简直不像人，而是像条虫。又高又瘦，你想想，还戴着那么大的太阳镜。正在拍摄的乔治大声说，'嘘！是蒙面人！'——这时那人转过身，看着我们。

"他把那个医用提包放在桌上，背朝我们，然后走到桌子另一侧。马库斯舅舅对他说了些什么。但他一次也没开口，一直是马库斯舅舅在说。除了壁炉架上钟的嘀嗒声，以及乔治的摄影机嘎吱转动，没有其他任何声音。我记得马库斯舅舅说的是，现在你已经把之前所做过的都做完了，你还要做什么？这时，如我刚才所说，那人在桌子右边。他非常迅速地从雨衣口袋掏出一个小纸盒，并从盒中抖出一颗绿胶囊，就跟我们小时候生病常吃的蓖麻油胶囊差不多。他飞快地俯下身，将马库斯舅舅的头往后一扳，强行把胶囊塞进了他嘴里。"

玛乔丽·威尔斯停住了。

她的声音颤抖着，一手捂住咽部，又清了几声嗓子。她虽竭力控制，可视线却仍然无法避开那已经一片漆黑的双扇门，最终还是把椅子转过去面朝着门。艾略特紧跟着她。

"然后呢？"他催促道。

"我没忍住，"她说，"当时我可能跳了起来，或是惊叫了一声什么的。我不该那样，因为马库斯舅舅之前就警告我们，不管看到什么，都不能大惊小怪。而且情况好像也没什么不对；马库斯舅舅吞下那颗胶囊，虽然他似乎不太情愿——他愤怒地瞪着那张花花绿绿的脸。

"刚喂完胶囊，戴大礼帽的那家伙就收拾提包，往旁边低头一闪，从落地窗出去了。马库斯舅舅又在桌后坐了几秒钟，做了个吞咽的动作，把巧克力盒挪了个位置。然后，毫无预兆地，他突然往前倒下。

"不，不！"玛乔丽抢在众人发话之前喊道，"他是在演戏，那只是表演的一部分，演出到此就结束了。因为马库斯舅舅随后便立即起身，笑着走过来关上双扇门，意味着演出落幕。

"我们打开这个房间的灯。英格拉姆教授去敲双扇门，请马库斯舅舅出来谢幕。马库斯舅舅把门拉开。他看上去——神采奕奕，志得意满的样子；但似乎同时也在烦恼着什么。他把一张折起的纸塞进外套的前胸口袋里，轻轻拍了拍。他说，'现在，朋友们，请拿出铅笔和纸，准备回答几个问题。'英格拉姆教授说，'对了，你那个长得很可怕的搭档是谁？'马库斯舅舅说，'噢，是威尔伯，他帮我策划了整个过程。'然后他大声招呼，好了，威尔伯，现在可以进来了！

"可是没人回应。

"马库斯舅舅又喊了一声，依然没人答话。

"最后他生气了，走到窗边。这个房间的一扇落地窗开着——看见了吧？因为晚上很温暖。两个房间的灯都亮着，所以我们能看见房子和树丛之间的草坪。那妖怪的所有装束都在地上：大礼帽，太阳镜，印着医生姓名的提包；但我们一开始没看见威尔伯。

"我们在树丛另一边的暗处发现了他。他俯卧着，已经不省人事，鲜血从嘴里、鼻孔里一直流到草地上，后脑勺摸上去都塌陷了。用来攻击他的火钳就躺在他旁边。他应该已经昏迷一段时间了。"

她的脸不由自主地扭曲了："懂了吧，那个戴着大礼帽和太阳镜的人，根本不是威尔伯。"

第5章

临时顶替

"根本不是威尔伯？"艾略特重复道。

他完全理解她的意思。那头戴老式大礼帽的怪人开始在他的脑海中翻搅腾挪。

"其实我还没说完，"玛乔丽难过地低声说，"我还没告诉你发生在马库斯舅舅身上的事。

"事情发生在我们发现倒地的威尔伯之后。我不知道症状出现了多久。他们扶起威尔伯时，我抬头一望，发现马库斯舅舅好像有点不对劲。

"说实话，我感到一阵生理上的恶心。我知道那都是直觉和预感，但我无法控制。在那一刻，我就知道出了什么事。他背靠一棵树，半弯下身子，使劲喘着气。透过他身后的树叶，可以看见房里的灯光。我看不清他的样子，但灯光照着他的侧脸，皮肤显得很粗糙，带着铅灰色。我说，'马库斯舅舅，怎么了？你不舒服吗？'我几乎是喊出来的，而他只是用力摇摇头，做了个手势，像要把我推开。然后他开始用一只脚跺着地，呼吸声里混杂着哀号和呻吟。我跑过去，英格拉姆教授也是。但他甩开英格拉姆教授的手，然后——"

她说不下去了，两手拍打自己的脸颊，捂住眼睛，接着又扇了自己两下。

克罗少校从钢琴旁走过来。

"请冷静。"他沉声说。

波斯维克警司一言不发，抱着双臂，好奇地盯着她。

"他开始跑，"玛乔丽陷入混乱，"我永远忘不了那一幕：他开始跑，来来回回、前前后后，但每个方向都只迈了几步，因为他无法忍受那种痛苦。乔治和教授试图抓住他，控制住他，但他挣脱了，冲过落地窗进了书房。他倒在书桌旁。我们把他扶到椅子上，一句话也没说。我出去打电话给乔舅舅，我知道他在哪儿：恩斯沃斯太太当时正在生孩子。我正在打电话时乔舅舅进来了，但为时已晚。苦杏仁味已在整个房间里弥漫开来。我以为还有希望。但乔治说，'他走了，老人家已经不在世了，我知道。'事实的确如此。"

"真不走运！"克罗少校低声吼道。这话虽有些失礼，却发自内心。

波斯维克警司保持沉默。

"威尔斯小姐，"艾略特说，"现在我不想给你太大压力——"

"我没事，真的没事。"

"你认为你舅舅是中了那颗绿胶囊里的毒？"

"当然。他说不出话，因为毒性侵蚀了他的呼吸神经；但他竭力指着自己的喉咙。"

"那时他还有没有吞下其他东西？"

"没有。"

"你能不能描述一下那颗胶囊的样子？"

"嗯，我说过，它看着像我们小时候吃的蓖麻油胶囊。跟一颗葡萄的大小差不多，用明胶做的。你以为咽不下那种东西，但其实很容易。这附近很多人到现在还在服用这种胶囊。"她停下来，收敛心神，迅速瞥了他一眼，脸上重现血色。

艾略特忽略了她的状态："回到案发时的情况，你认为演出开始前有人袭击了埃密特先生——"

"是的。"

"某人用那身奇装怪服隐藏自己，连马库斯·切斯尼先生也没能认出他。随后，这人在演出中顶替了埃密特先生的角色。作为表演的一部分，切斯尼先生原计划吞下一颗无毒的胶囊，却被这人用有毒的胶囊调包了？"

"噢，我怎么知道！但应该是这样没错。"

"谢谢，威尔斯小姐。暂时不打扰你了。"艾略特站起身，"知不知道英格拉姆教授和哈丁先生在哪里？"

"在楼上，和威尔伯一起。"

"麻烦你请他们下来好吗？噢，还有一件事！"

她已起身，虽显得心烦意乱，却似乎并不着急走。她向他投以询问的目光。

"稍后我会让你尽可能详细地描述表演过程中所看到的一切，"艾略特说，"但现在可以先明确一个问题：刚才你提到了那人的部分穿着，雨衣等等，可他的裤子和鞋呢？"

她愣住了。"他的——"

"嗯，你刚才说过，"艾略特感到一阵轻微的耳鸣，"你总会留意别人的鞋。那么这个人的鞋和裤子是怎样的？"

"台灯放在桌上，光线直射，"玛乔丽稍一迟疑，"所以靠近地面的东西都很暗。但我应该能想起来。是的，我有把握。"她原本因惊惧而闪烁的眼神渐渐变得坚定，"他穿的是普通的礼服裤子——黑色，侧面有道颜色更深的条纹——以及漆皮晚礼服皮鞋。"

"今晚这里所有人是不是都穿着晚礼服，威尔斯小姐？"

"是的。准确说来，乔舅舅除外。他要外出探诊病人，而且他说如果医生穿着晚礼服上门，会对病人的心理状态产生不利影响，病人会以为医生心不在焉。但你该不会认为——"

艾略特答以微笑，但他心知这笑容有点假。

"这附近有多少人习惯穿正装吃晚餐？"

"就我所知，没人。"玛乔丽显然更慌乱了，"平时我们也不这样。可今晚出于某些原因，马库斯舅舅要求我们穿得正式一点。"

"这是第一次吗？"

"嗯，总之，家里来了不少客人，才头一回这么正式。但其实英格拉姆教授不算客人，乔治也不算。"

"谢谢，威尔斯小姐。克罗少校和警司有没有问题——？"

两人都摇摇头，虽然波斯维克的表情颇为凶恶。玛乔丽又若有所思地凝视着艾略特一小会儿，然后才走出去，轻轻关上门；但在艾略特眼中，她好像在发抖。明亮的房间里一片沉寂。

克罗少校"哼"了一声。

"哎，"他的小眼睛里射出锐利的光，锁定艾略特，"我不喜欢她的证词。"

"我也不喜欢。"波斯维克从容地松开双臂。

"案情表面上很清晰,"克罗少校压低嗓门,沉声说道,"有人偷听且发现切斯尼和威尔伯·埃密特在做准备,于是知道他们会表演什么。他打昏埃密特,取代他的角色,将无毒的胶囊换成有毒的。明胶需要一两分钟才能溶解,所以切斯尼服下胶囊时不会察觉有什么问题。也就是说,他不会当场喊出他被下毒,也不会拦阻凶手。凶手可以轻松逃走,将那身伪装留在外面。明胶溶解后,毒药会在几分钟内置他于死地。一切都很清晰。是的,很明显。可是——"

"啊!"当警察局长说出"可是"的时候,波斯维克嘀咕道,"为什么要打昏埃密特?呃,长官?"

艾略特突然意识到,这个一直盘踞在角落里的大块头,远比他预料中的要精明得多。当然,波斯维克是他的顶头上司,但他从未想到波斯维克竟如此厉害。警司一直来回踱步,不时往墙上靠一靠。此刻,他投向艾略特的目光中,带着毫不掩饰的狡黠,如同一盏被突然打开的探照灯。

"正中要害,警督,"克罗少校表示同意,"正如波斯维克所说,为什么要打昏埃密特先生?为什么不让埃密特在正常的表演过程中把毒胶囊喂给切斯尼?如果凶手知道他们的计划,只须调包胶囊就行了,又何必冒险打昏埃米特,打扮成那副随时可能被一眼看穿的模样,在众目睽睽之下走进来?——本来他只须调换一颗胶囊而已,为什么要冒如此巨大的风险?"

"我觉得,"艾略特沉吟道,"这正是本案的关键。"

"本案的关键？"

"是的，长官。切斯尼先生之前彩排时，根本没打算吞下任何一颗胶囊。"

"嗯哼。"稍后，克罗少校应道。

"他只准备假装吞下去而已。明白了吧，这场表演其实为观众设计了一连串陷阱。你们可能也在大学的心理学课程里见识过类似的诡计——"

"我可没有。"克罗少校说。

"我可没有。"波斯维克警司咕哝着。

艾略特的倔劲顿时蹿了上来，不光因为他们的态度，也因为屋里出现了轻微的敌意。他们是不是以为他在炫耀？尽管耳朵里嗡嗡乱响，但他还是决定，不骂人。

"老师拿出一瓶不明液体，"他接着说，"尝一尝，表情很难看，说那东西很苦，然后把瓶子递给你。里面的水是有颜色的，但如果你不仔细辨认的话，仅仅因为老师的言行造成先入为主的印象，你也会发誓说那东西很苦。也可能水真的很苦，但老师之前只是假装尝了一口——并让你如法炮制。除非你密切关注他的一举一动，否则就会灌下一大口。

"这里的情况很可能也差不多。切斯尼先生已经提示他们要留意陷阱。还记得吗？威尔斯小姐说过，他被塞了胶囊的时候，看上去惊愕而恼怒。可能他给埃密特的指令是假装喂给他胶囊，同时他会假装吞下去；然而真凶直接强迫他吞下胶囊，就是这样。为避免演出中断，切斯尼没有出声抗议。"艾略特摇摇头，"如果在他准备的那些问题中，没有'我吞下胶囊花了多少时间'

53

之类的提问，我会很惊讶。"

克罗少校颇受震动。

"老天，你的推测非常合理！"他稍微松了口气，旋即又陷入狂怒与迷惑之中。"可是，警督——如果——真是这样——上帝啊，我们的对手是个疯子吗？"

"看起来是的，长官。"

"面对事实吧，"克罗少校说，"一个疯子，一个丧心病狂得无法形容的人，就在这座房子里。"

"啊，"波斯维克喃喃道，"说下去！"

警察局长低声分析："首先，外人怎么会知道他们今晚要在这里进行一场观察力测试？连他们自己都是到晚餐时才确定下来。外人刚好经过窗外，碰巧听到切斯尼和埃密特的计划？也不太可能。而且他们晚餐时穿着正装，偏偏这天晚上有个外人也穿着晚礼服的裤子和皮鞋，在外头闲逛？这就更不可能了。我承认，这些并非最终定论，仅仅是推测。不过——你明白难点所在吧？"

"我明白。"艾略特面露忧色。

"如果凶手就在这座房子里，会是谁呢？乔·切斯尼外出诊病，如果直到午夜时分才从病人家里出来，他肯定可以排除。威尔伯·埃密特差点死在真凶手里。还有两名女仆、一名厨师，他们基本不符合凶手的条件。仅剩的可能——是的，我知道这听起来像是天方夜谭——但只剩下唯一一种可能。这就意味着，凶手是本该在这房间里观看表演的三个人之一。这就意味着，凶手在黑暗中溜出去，击倒可怜的埃密特，乔装打扮，喂给切斯尼一颗毒胶囊，赶在灯亮之前再溜回来。"

"不，长官，这听起来几乎没有可能。"艾略特冷冷答道。

"可我们还有什么方向吗？"

艾略特没回答。

他知道，现在绝不能妄下结论。在验尸之前，甚至无法确认马库斯·切斯尼的准确死因，只能说十有八九是死于某种氰化物。但他已经想到了警察局长最后提及的这一可能性。

他环视音乐室。房间大小约十五平方英尺，墙上嵌着金边灰色镶板。厚重的深灰色天鹅绒窗帘掩住落地窗。至于家具，房间里只有一架大钢琴，一台留声机，位于通向走廊那扇门旁边的一个高橱子，四把铺着织锦的小扶手椅，以及两个脚凳。房间中央空荡荡的，一个人在黑暗中也不难穿过房间——只要小心避开窗边的大钢琴，就不会撞到什么东西。看得出来，地毯很厚，足以消化任何脚步声。

"我们来做个实验吧。"警察局长说。

电灯开关在通往走廊那扇门旁边的橱子后面。艾略特按下开关，黑暗顿时当头笼罩下来。原来的灯光实在太亮，吊灯上那些蜡烛形状灯泡的残影似乎仍在艾略特眼前的黑暗中游移晃动。虽然窗帘敞开着，但窗外天色阴晦，仍然无法辨别房里的任何东西。有人拉上了窗帘，窗帘环扣发出轻微的嘎嘎声。

"我在挥手，"黑暗中传来警察局长的声音，"看得见吗？"

"看不见，"艾略特说，"别动，我去开双扇门。"

他摸索前行，绕过一把椅子，找到了双扇门。门很轻松就打开了，几乎没发出动静。他慢慢向前挪了八九英尺，摸到桌子，然后找到铜灯。他打开开关，炫目的白光射向对面的墙壁。艾略特退回音乐室，仔细观察。

"嗯哼。"克罗少校说。

放眼望去，"书房"里唯一的活物是钟。在死者脑袋后面，深色泛光的木壁炉架上，那座钟无情地忙碌着。那是座黄铜大钟，表盘直径达六英寸[1]，小巧的铜钟摆来回摇动，微微闪烁。下方端坐着死者，岿然不动。时间是十二点五十五分。

桌子是桃心木的，铺着一层棕色吸墨纸；铜灯立在桌上，从他们的视角来看略微偏向右侧。他们看见了蓝花图案的巧克力盒。艾略特踮起脚尖，能看见躺在吸墨纸上的铅笔，但玛乔丽·威尔斯描述的钢笔却不见踪影。

左侧墙上，大致可见一扇落地窗。右侧墙边立着一张桌面可伸缩的书桌，此时桌面收起，上头有一盏绿罩台灯；还有一个长长的铁文件柜，漆着木材般的花纹。此外，还有一把椅子，以及散落在地上的一堆杂志或者目录册。双扇门犹如舞台的台口，框住了他们眼中的这一切。按照音乐室里这几把椅子的位置计算，三名目击证人所坐的地方距离马库斯·切斯尼大约十五英尺。

"我没发现什么，"克罗少校怀疑地说，"你们呢？"

艾略特的目光再次捕捉到了他之前看见的那张纸——折叠起来塞在死者外套口袋的手帕后面。

"看那儿，长官，"他指了指，"根据威尔斯小姐的说法，那一定是切斯尼先生准备好的问题表。"

---

1. 英寸：英美制长度单位，1 英寸等于 2.54 厘米，12 英寸为 1 英尺。

"好吧，那又如何？"警察局长几乎是在大喊，"就算他准备了一张问题表又怎样？有什么区别——"

"这就是关键，长官，"艾略特险些吼出声，"你难道没发现，整个演出都是为观众设下的一连串圈套吗？他们所目睹的一切，很可能有一半都暗含诡计。而凶手利用了这些诡计。他不仅借助于诡计，以之为掩护，甚至可能现在仍处于诡计的掩护之下。如果我们能弄清楚他们看见了什么，或是他们以为自己看见了什么，或许就能摸到凶手的踪迹了。即便凶手是个疯子，也不至于如此仓促、嚣张地在众人眼皮底下施行谋杀，除非切斯尼先生的计划中有什么因素成了他的保护伞，误导警方，为他提供了不在场证明！天知道会是什么！我说得够清楚了吧？"

克罗少校盯着他。

"恕我直言，警督，"他突然十分礼貌地说，"整个晚上你的态度都很古怪。我也很好奇，你怎么会知道威尔斯小姐的未婚夫姓什么？我并没提起过。"

（噢，该死！）

"对不起，长官。"

"没关系，"克罗少校依然彬彬有礼地答道，"这不算什么。对了，说到这张问题表，我基本同意你的看法。我们来看看里面是否有什么线索。你说得对，如果问题中包含陷阱，或者在提示某种陷阱，从这张表中应该能看出来。"

他从死者的衣袋里抽出那张纸，展开平摊在吸墨纸上。笔迹是优雅的印刷体，内容如下：

请正确回答以下问题：

1. 桌上有盒子吗？如果有，请描述它的样子。

2. 我从桌上拿起了什么东西？以怎样的顺序？

3. 当时是什么时间？

4. 从落地窗进来的人，身高是多少？

5. 请描述此人的穿着。

6. 他的右手拿着什么东西？请描述它的样子。

7. 请描述他的行动。他是否拿走了桌上的东西？

8. 他让我吞下什么东西？我吞下它用了多长时间？

9. 他在房间里待了多久？

10. 是否有某个人或某几个人说了话？具体说了些什么？

重要提示： 必须给出以上全部问题字面上的正确答案，否则答案无效。

"看上去够直接了，"克罗少校嘀咕着，"但却有陷阱。请看'重要提示'。关于他假装吞下胶囊这件事，你似乎说对了。请看问题 8。不过——"

他把纸折好递给艾略特，警督小心地将它夹进笔记本。然后，克罗少校往双扇门退去，双眼盯着那座钟。

"不过，如我所说——"

通往走廊的门开了，一道光径直透过音乐室，随即映照出一个人的轮廓，一颗被逆光衬得锃亮的秃头出现在他们眼中。

"喂！"那人的声音尖利且稍稍上扬，"是谁？你们在干什么？"

"警察，"克罗少校说，"没事，进来吧，英格拉姆。麻烦你把灯打开好吗？"

新来的人一开始错往门的另一侧摸索了一阵，然后才在橱子后面摸到开关，开了灯。此时艾略特意识到，当初在庞贝那座庭园里，匆促间他对吉尔伯特·英格拉姆教授留下的第一印象，必须稍加修正了。

英格拉姆教授和蔼可亲的圆脸泛着光，举止颇具活力，身形微胖，蓝眼睛闪着正直坦诚的光，鼻子小而圆，秃头两侧各有两簇黑发贴在耳后，愈显得个头有些粗短。之前他喜欢低着头，再抬眼投以洞悉世事般的嘲讽神情。但此时他的气势却削弱了许多，甚至微露惧意。他的脸上有些斑点；带有一条褶痕的衬衫前襟被马甲鼓出来，如同在烤炉中膨胀的面团；他的右手指反复相搓，似是要蹭掉粉笔灰。在艾略特看来，实际上他身高中等，也并不算胖。

"你们是在重建现场吗？"他说，"晚上好，少校。晚上好，警司。"

他的姿态随和而不失礼貌，令众人如沐春风，又像鞭子轻轻驱动一队马匹。那张诚恳的脸上流露出富有洞察力的强大智慧，这是艾略特对英格拉姆教授的主要印象。

"这位想必就是乔·切斯尼向我提过的苏格兰场人士？"他迟疑地说，"晚上好，警督。"

"是的。"克罗少校说。突然，他又补充道："是这样——现在都指望你了。"

"指望我？"

"嗯，你是心理学教授，不会被所谓的诡计愚弄。你说过你不会。这场该死的演出过程中究竟发生了什么，你应该可以告诉我们吧？"

英格拉姆教授迅速瞥了瞥双扇门里的景象，神色变幻。

"应该可以。"他冷冷答道。

"太棒了！"克罗少校急于刨根问底，"威尔斯小姐刚才就说这场演出有诈。"

"噢。你见过她了？"

"是的。根据我们目前掌握的情况，整场表演中设下了一系列圈套——"

"不仅如此，"英格拉姆教授直视克罗少校，"我碰巧知道，这场演出的目的，是为了展现特里太太店里的巧克力是如何在无人目击凶手的情况下被下毒的。"

第 6 章

准备陷阱

　　为了掩饰脑海中浮现的几个新念头，艾略特赶在其他人发话之前走进书房。他打开可伸缩书桌上的绿罩灯，又关掉办公桌上的摄影灯泡。相形之下，普通的灯光暗了许多，但仍能照见蜷缩在椅子里的马库斯·切斯尼。

　　"所以呢？波斯维克警司透露，马库斯·切斯尼遇害前两天曾向警方咨询特里太太店里巧克力盒的准确尺寸。现在桌上就有一盒便宜的巧克力，而且是这场演出的一部分。但他要如何——？"

　　艾略特折回音乐室，克罗少校正提出同一个问题。

　　"安排那个妖怪般的家伙——且不论究竟是谁——塞一颗绿胶囊到他嘴里，他要如何以此来说明特里太太店里的巧克力被下毒的过程？"

　　英格拉姆教授微微耸肩，瞥向书房的目光仍显紧张。

　　"我真的不知道，"他说，"但按我的猜测，在切斯尼的计划中，绿胶囊事件只是一条副线，是表演的一部分，但可能算不上绝对必要的一部分。我猜他真正要向我们展示的东西与桌上那盒巧克力有关。"

"我还是不插手吧，"警察局长稍一沉吟，"由你继续，警督。"

艾略特指了指一张织锦扶手椅，英格拉姆教授小心地坐下了。

"那么，切斯尼先生是否向你说明过，这次表演的目的是展示如何在不被任何人注意的情况下给巧克力下毒？"

"他没挑明，但给了暗示。"

"什么时候？"

"表演开始前不久。我还为此责备他。'为此责备他！'你听听，简直像一场闹剧。"英格拉姆教授打了个冷战，原本坦诚的神情变得精明起来，"是这样，警督，晚餐时我就觉得，切斯尼不由分说、迫不及待要给我们表演的欲望有点古怪。表面上看，演出的主题是偶然提出的，而且经过我们一番争论才引发了他的挑战。但其实他一直都在暗中往那方向引导，早在我们落座吃晚餐前就做好准备了。我看得出来。还有年轻的埃密特，自以为没人发现的时候，笑得就像一只狼。"

"然后呢？"

"哎！所以我才反对他推迟到那么晚才开始表演，晚餐后过了令人煎熬的将近三小时，他才进入正题。一个人的自负是神圣的，我一般不会戳穿，但他未免玩得太过火。我直接去问他，'你早有计划吧，究竟搞什么把戏？'他神秘兮兮地告诉我，'留点神，没准你能看出特里太太店里的巧克力是如何被下毒的，但我打赌你不能。'"

"他已经看穿了下毒手法？"

"显然如此。"

"并且要当着你们的面证明手法的可行性？"

"显然如此。"

"对了，"艾略特漫不经心地问道，"关于下毒者，他有没有具体的怀疑对象？"

英格拉姆教授瞄了他一眼，眼中带着浓浓的忧色。如果"忧虑"这个词可以加诸他那和蔼的脸庞之上，那他称得上是忧虑万分了。

"我觉得有。"他承认。

"但他没告诉你——给点暗示什么的——？"

"没有。那会破坏整场表演。"

"你觉得下毒者杀他是为了灭口？"

"对，很有可能。"英格拉姆教授在椅子里动了动，"告诉我，警督，你是个聪明人吗？有没有一定的理解能力？"他微笑道，"请稍等，容我解释为何有此一问。虽然我无比尊敬我们的好朋友波斯维克，但对于他迄今为止处理本案的方式，恕我无法苟同。"

克罗少校板起脸，面色阴沉。

"警司始终竭尽全力——"他缓缓地说。

"噢，请别胡言乱语，"英格拉姆教授并无挑衅之意，"他当然尽力了。老天，我们都尽力了！但恪尽职守不等于接近真相，有时却会起反效果。我倒不是说警方在暗中针对玛乔丽·威尔斯。我知道没那回事。但很遗憾，我朋友的外甥女无法放心地走过大街，因为孩子们可能会用泥巴砸她的脸。警方究竟做了什么努力去破解给巧克力下毒的难题？尝试了什么方法？这起案件究竟是什么性质？为什么凶手要给特里太太店里的巧克力下毒？"

他敲了敲椅子扶手。

"波斯维克警司坚持'疯子就是疯子'那套简单直接的理论，"他又说，"所以你看，为了巩固对玛乔丽的怀疑，他们搬出了相似的——克里斯蒂安娜·埃德蒙兹一案。我的天！好一个'相似'的案子！"

克罗少校沉默不语。

"相似？仅从极重要的动机这一点来说，这两个案件就根本是天差地别。克里斯蒂安娜·埃德蒙兹也许疯了，但与绝大多数凶手一样，她有动机。1871年，这位年轻小姐在布莱顿疯狂地爱上一位已婚医生，对方没有对她表示任何好感。她先是试图用番木鳖碱毒害医生的妻子，未能成功；事发之后，她被禁止接近医生家，这让她气得发狂。为了显示她自我标榜的清白无辜——为了证明城里有个毒杀者，而且不可能是克里斯蒂安娜·埃德蒙兹小姐——她设下毒计，往糖果店的奶油夹心巧克力里投毒，从而实现大规模杀人。好了，'相似之处'在哪里？玛乔丽有类似的情形吗？老天在上，她的动机呢？恰恰相反，她的未婚夫来到索布里克洛斯，听到关于她的流言蜚语，还害怕起来，想临阵脱逃呢。"

英格拉姆教授此时的措辞可谓无邪中带有险恶，他的衬衫前襟窸窣几声，更加重了效果。他笑了笑，变得更平静了。

"言归正传，"他说，"现在提问的是你们。"

"威尔斯小姐以前订过婚吗？"艾略特突然问道。

"为什么这么问？"

"有没有，先生？"

英格拉姆再次高深莫测地瞥了他一眼。"没有，据我所知没有。我相信威尔伯·埃密特对她十分着迷。但威尔伯长了个红鼻子，以及——恕我直言——整个人毫无魅力，所以他几乎没有希望，即便马库斯乐见其成。但愿我没说错。"

这时克罗少校打断了他，"听说切斯尼经常把她的追求者挡在门外。"他不带任何感情色彩地说。

英格拉姆教授迟疑着。

"从某种意义上而言，确实如此。他说那些人像叫春的猫，打乱了他宁静的生活。准确说来他也没驱赶他们，不过——"

"那我就有点好奇了，"克罗少校说，"玛乔丽在国外邂逅的这个年轻人，怎么就能如此轻易地获得切斯尼的认可？"

"你的意思是，"教授直言不讳，"他变得急于把她嫁出去？"

"我可没这么说。"

"朋友，你不就在暗示这一点吗？但不管怎样，你错了。马库斯很欣赏哈丁，这孩子很有前途，而且他对马库斯毕恭毕敬的态度多少也起了作用。可我想问，争论这一点有什么意义？无论其他任何问题的真假对错，"此时英格拉姆教授的衬衫前襟刺耳地"嘭啪"一声——"可以百分之百肯定，玛乔丽绝不可能杀害她的舅舅。"

房间里的温度似乎又起了变化。艾略特接过话头。

"你知道威尔斯小姐本人的想法吗？"

"什么想法？"

"她是否也认为有人打昏埃密特先生，取代他的角色，在表演中使用有毒的胶囊？"

英格拉姆好奇地看着他："是的。这种解释看上去最合理，不是吗？"

"所以，晚餐后切斯尼先生和埃密特先生在这房间内所筹备的计划，被某个人偷听到了？藏在门外或窗外的某个人？"

"我懂了。"教授喃喃自语。

一时间，他的脸上现出微弱而凝滞的浅笑。他倾身向前，鼓胀的双拳按在膝上，手肘如展开双翼般撑向两侧。聪明人思绪翻涌，逐渐将事实梳理成型时常常浮现出的那种痴傻神情，此刻也挂在他的脸上。接着他又露出微笑。

"我懂了，"他说，"现在我来替你提问，警督！"他不容分说地挥着手，"你的下一个问题是，'九点十五分到午夜十二点之间，你在什么地方？'还有，'九点十五分到午夜十二点之间，玛乔丽和乔治·哈丁在什么地方？'但你还会问，'表演进行过程中，你们各位分别都在什么位置？'然后重要问题来了，'有没有这种可能：一位观众在黑暗中悄悄溜出去，扮演那个头戴礼帽的魔鬼？'这就是你们想知道的，对吗？"

克罗少校眯起眼睛。

"没错。"他说。

"是个好问题，"英格拉姆教授轻松地答道，"配得上一个好答案。答案如下：我愿在全世界的任何法庭上发誓，表演过程中，我们当中没有任何一个人离开过这间屋子。"

"嗯。非常确定的答案，不是吗？"

"是的。"

"你知不知道当时这里有多暗？"

"我非常清楚这里有多暗。首先，隔壁亮着摄影灯泡，这个房间其实没你想象的那么黑；其次，我有其他理由，我希望由我的同伴来佐证。不妨问问他们吧。"

他从椅子上站起身，像个主持人似的朝门口招招手，玛乔丽和乔治·哈丁随即走进来。

艾略特审视着玛乔丽的未婚夫。

当初在庞贝他只望见哈丁的后脑勺，而眼前这个人的样子，令他隐隐有些不快。乔治·哈丁最多二十五六岁，显得温厚、率真、热情，一点也不害羞；他在众人之间，就像一只在架子上诸多装饰品中穿梭的猫那般自然。他很英俊，带点南欧人的外貌特征：刚硬的黑色卷发，宽脸，神采灵动的黑眼睛。在艾略特看来，这种外形与他那出自贵族公学般的高雅姿态不太协调。可能他在所到之处都有好人缘，而且他也深知这一点。

哈丁望见双扇门另一边马库斯·切斯尼的尸体，顿时显得忧心忡忡。

"能不能把门关上？"他挽起玛乔丽的手臂，"我是说，你介意吗？"

令他吃惊的是，玛乔丽挣脱了。

"没关系。"她直视艾略特。

艾略特关了门。

"玛乔丽说你想见我，"哈丁十分友好地环顾四周，脸上却阴云密布，"如果有需要我的地方，请尽管吩咐。我只能说，这一切真是太糟了，而且——噢，唉！"

（我们透过艾略特的眼睛所看到的哈丁，未必是他真正的样子；所以如果一味强调哈丁那种直来直去的说话方式，以及不加矫饰的举止给艾略特带来的不佳印象，未免不太公平。克罗少校和波斯维克警司对哈丁印象不错，在他们眼中，哈丁的语气相当诚恳。）

艾略特示意他坐下。

"你就是哈丁先生？"

"是我，"哈丁友善得像只急于讨人欢心的小狗，"玛乔丽说你要我们谈谈当——唔，当可怜的老人出事时，这里是什么情况。"

"他想要听的可不止那些。"英格拉姆教授咯咯发笑。

"他怀疑你或玛乔丽或我——"

"等等，先生。"艾略特厉声打断。他转向其他人，"各位都请坐。"房中顿时笼罩一股不安的气氛。"是的，我们想听各位介绍事发经过。但我会问一些其他问题，而这些问题的答案可能比你们的任何陈述都更有价值。你们应该知道，切斯尼先生针对这次表演，事先准备了一张问题表？"

过了片刻，答话的是玛乔丽。

"当然知道，我已经告诉过你。"

"如果现在再拿那些问题来问你们，能正确回答吗？"

"可以，但我能做得更好，"哈丁说，"如果你想了解当时的情况，我拍了一部影片。"

"一部彩色影片？"

哈丁眨眨眼。

"彩色？老天，不是！只是普通的黑白影片。如果在室内拍摄彩色影片，尤其在那种光线下，效果——"

"那恐怕无助于解决我们的难题，"艾略特说，"影片现在在哪里？"

"出事之后乱成一团，我就放在留声机里了。"

艾略特的反应如同一场反高潮，似乎令他颇感失望。艾略特走到留声机前，掀开盖子，只见绿毡圆盘上有一个皮革盒子，盒盖敞开，里面装着摄影机。身后三位证人尴尬地坐在椅子上注视着他；留声机上方墙上的一幅画的玻璃框映出了他们的样子。他同时也看到（从玻璃中）克罗少校朝波斯维克警司投去疑惑的一瞥。

"问题表在这里，"艾略特从笔记本中抽出那张纸，"与其由我提问，不如直接用这些问题更好，因为设计它们的初衷就是为了涵盖重点——"

"什么重点？"玛乔丽立即问道。

"这就是我们要调查的。我会依次询问你们同样的问题，希望各位都尽可能认真地回答。"

英格拉姆教授扬起他那淡得几乎看不见的眉毛。

"警督，你难道不怕我们编造故事？"

"我建议各位不要编故事，而且我认为你们不会，因为切斯尼医生告诉我，你们的说法几乎全都互相矛盾。如果你们空口捏造，会被我看穿。那么，各位果真有十足把握可以百分之百准确地回答这些问题吗？"

"可以。"英格拉姆教授露出奇特的微笑。

"可以！"玛乔丽异常坚定。

"我不太有把握，"哈丁说，"当时我在全神贯注地把所有东西都拍摄下来，没有过多留意其中的细节。但我应该不会答错。干我们这一行，视线必须集中于——"

"你是干哪一行的，哈丁先生？"

"我研究化学，"哈丁的回答十分简洁，似乎有些不屑，"但这不重要。来吧。"

艾略特关上留声机的盖子，将笔记本平摊在上面。此刻，如同乐队指挥举起了指挥棒，轮子即将开始转动，灯光亮起，帷幕拉开。从骨髓到灵魂，都有一个声音告诉艾略特：这张问题表包含了通往真相的所有线索——只要他拥有足够的智慧，不仅能捕捉到答案中的意义，还能抓紧问题中的意义。

"第一个问题。"他说。证人们纷纷打起精神，椅子发出一阵尖利的响动。

第 7 章

证人各执一词

"第一个问题。桌上有盒子吗？如果有，请描述它的样子。威尔斯小姐？"

玛乔丽柔和的嘴唇轮廓变得僵硬起来。她目不转睛地盯着艾略特，眼中现出怒意。

"如果这很重要，我会回答，"她说，"但这个问题非常差劲，不是吗？坐在这里问些愚蠢的问题，如同儿戏，而他——"她的视线投向紧闭的门，旋又移开。

"确实很重要，威尔斯小姐。桌上有盒子吗？如果有，请描述它的样子。"

"桌上当然有盒子。在马库斯舅舅的右手边，靠近桌子前端的位置。是一个两磅装的亨利牌巧克力奶糖盒子。我没看见标签，因为当时我坐着，但我知道那是亨利牌巧克力奶糖，因为盒子有亮绿色的鲜花图案。"

乔治·哈丁转身看着她。

"胡说。"

"什么胡说？"

"花的颜色，"哈丁说，"我不知道那是什么牌子的巧克力，我也认为那个盒子可以装两磅糖果，而且有鲜花图案。但花可不是亮绿色，而是深蓝色。绝对是蓝色的。"

玛乔丽神色未变，她以高傲且极尽优雅的姿态扭过头，低声说："亲爱的，今晚已经够恐怖了，别再刺激我，别让我产生尖叫的冲动，千万不要。那些花是绿色的。男人总把绿色看成蓝色。不要，不要，不要——今晚不要。"

"哦，好吧，都依你，"哈丁半是后悔半是赌气地说，"不，打死我也不相信是绿色！"他跳起来，"我们应该实事求是，那些花是蓝色的，深蓝色，而且——"

"亲爱的——"

"等一下，"艾略特忽然打断，"英格拉姆教授应该可以裁断这个问题。是不是，先生？哪个答案是对的？"

"他们两位都对，"英格拉姆悠然自得地交叉两条粗腿，"但正因如此，他们两位也都错。"

"但我们不可能都错！"哈丁抗议。

"有这个可能。"英格拉姆教授礼貌地答道，随即转向艾略特，"警督，我告诉你的是字面上的真实情况。现在我就能解释，但我建议再等等。后面的问题中，有一个可以阐明我的意思。"

艾略特抬起头。

"你怎么知道后面有哪些问题，先生？"他问。

不祥的静默似乎悄然而生，逐渐滋长，充盈了房间的每个角落，静得让人几乎以为能听见书房里那座钟在紧闭的门扉后面嘀嗒走动。

"我当然不知道，"英格拉姆教授泰然自若，"我只是预测，那张表中接下来肯定会出现这样一个问题。"

"你该不会看过这张表吧，先生？"

"没有。警督，老天在上，这种时候何必在细枝末节上给我下套？我早就身经百战，魔术、马戏那些花样我都玩腻了。这些诡计终归是老一套，我自己在课堂上用过何止上千次，其中的原理我很清楚。不过，正因为我不会被它们欺骗，所以也请别以为我会借此来欺骗你。请继续顺着那张表往下问，一会儿你就明白我的意思了。"

"是绿色的，"玛乔丽半闭着眼睛，凝视天花板一角，"绿的，绿的，绿的。请继续。"

艾略特拿起铅笔："第二个问题。我从桌上拿起了什么东西？以怎样的顺序？"他又解释，"切斯尼先生第一次坐下时，从桌上拿起什么物品？按怎样的先后顺序？威尔斯小姐？"

玛乔丽立即答道："我已经告诉过你，他坐下后先拿起铅笔，假装在吸墨纸上写字，然后放下铅笔。接着他拿起钢笔，假装用钢笔写字。他刚放下钢笔，那个头戴大礼帽的家伙就进来了。"

"你的意见呢，哈丁先生？"

"对，没错，"哈丁表示，"至少前半部分没错。他拿起一支铅笔——一支蓝色或黑色的铅笔——然后放下。但第二件物品不是钢笔，而是另一支铅笔，颜色差不多，但没那么长。"

玛乔丽又一次转头。"乔治，"她的声音毫无波澜，"你这是故意折磨我吗？拜托，我真的想知道，你非得在每个细节上都跟我针锋相对吗？"随即她喊道，"我很清楚那是一支钢笔。我看见笔尖和笔头了，是蓝色或黑色的；一支小钢笔。请别再——"

"好吧，既然你都说到这地步了。"哈丁的傲气似乎受到重挫，那双仿佛会说话的眼睛凝望着她；而且，令艾略特极为不悦的是，她的神色也为之改变，显得焦虑重重。在艾略特心中，他们就像一对画中的情侣，哈丁那带有男孩稚气的魅力凌驾于一个聪慧而可敬的女人之上，使得整幅画的风格相当混乱。

"对不起，"玛乔丽说，"无论如何，那是支钢笔。"

"是铅笔。"

"你怎么看，英格拉姆教授，钢笔还是铅笔？"

"实际上，"教授回答，"两者都不是。"

"老天！"克罗少校顿时失态，轻呼出声。

英格拉姆教授举起手。

"还不明白？"他问道，"难道你们没发觉，这一切都是诡计和陷阱？否则你们以为他想干什么？"他好像有点生气，"马库斯只不过为你们设了个最平常的圈套，你们就上钩了。首先——你们说得对——他拿起一支普通的铅笔，假装用铅笔写字。这就让你们形成了思维定式。然后他拿起那既不是钢笔也不是铅笔的东西（虽然长度、形状都不能不说和铅笔比较接近），假装用它写字。你们心中立刻产生'看到一支钢笔或铅笔'的幻觉。当然。那东西两者都不是。"

"那它究竟是什么？"艾略特追问。

"我不知道。"

"可是——"

英格拉姆那真诚的双眼闪烁着。"别慌，警督，请——稍等！"他的语气不那么严肃了，"我保证会告诉你诡计的关键，我保证会戳穿其中的破绽。但我无法保证能准确指出他拿起的究竟是什么——我承认，我也不知道。"

"但你不能描述一下吗？"

"适当描述一下倒还可以。"教授颇为困惑，"有点像钢笔，但比钢笔更细，而且小得多；应该是深蓝色的。我记得马库斯费了不少工夫才拿起它。"

"好的，但长成那样的会是什么东西？"

"不知道，我也想不通。它——等等！"英格拉姆突然紧抓椅子扶手，半身撑起，像是要一跃而起。旋即，一股如释重负的神情涌过他的脸庞。他"噢"的一声，瞪着众人。"我懂了，"他又说，"现在我知道那是什么了。"

"是什么？"

"一个吹箭筒。"

"什么？"

"不会错，"教授仿佛克服了巨大障碍，"大学的自然历史博物馆里收藏了一些吹箭筒。这种东西长度不足三英寸，用木头制成，薄薄地镀一层银，发黑，头部很尖。南美人、马来人或婆罗洲[1]人之类才会用；地理问题我一向搞不清楚。"

艾略特看着玛乔丽："你舅舅有没有在家里收藏吹箭筒，威尔斯小姐？"

"没有，肯定没有。至少，我没听他提过。"

克罗少校颇有兴致地插话："你是指一支毒箭？"他问英格拉姆教授。

---

1. 即现今的加里曼丹岛，该岛目前分属印度尼西亚、马来西亚、文莱三国。

"不，不，不，不一定。简单的猜测如果经过想象力添油加醋一番，就会离题万里，这就是绝好的例子——马上就会有人记起他曾看见箭上的毒，然后我们就被绕晕了。请保持冷静！"英格拉姆深吸一口气，伸了个懒腰，"我只是说，我看见的是看上去像吹箭筒的东西。明白了吗？继续那些问题吧。"

乔治·哈丁点点头。

"也对，"他附和道——艾略特注意到，哈丁瞥向教授时，脸上掠过一丝古怪的神情，又瞬间消失了，艾略特参不透其中的含义，"目前似乎还没什么进展。请继续提问。"

艾略特犹豫了。刚才的新猜测令他深感不安，他想反驳，但不可操之过急。

"下一个问题，"他看了看问题表，"我个人估计是指那个裹得严严实实的人从落地窗进来，不过你们可以按自己的理解回答。当时是什么时间？"

"午夜十二点。"玛乔丽立刻回答。

"大约午夜十二点。"乔治·哈丁说。

"如果说最精确的时间，"英格拉姆教授双掌一合，"应该是十一点五十九分。"

他略一停顿，似有疑问，艾略特则响应了他的预期。

"是的，先生，但我有个问题：你是真的确定当时是十一点五十九分——根据你自己的手表显示——抑或仅仅因为书房壁炉架上那座钟显示的是十一点五十九分？我知道钟现在的走时准确，但它当时就一定准确吗？"

英格拉姆教授冷冷答道："我也想过这一点。我不知道马库斯会不会调过钟，用假的时间误导我们，使我们之后给出错误答案。但我要求的是公平游戏，"他又显出烦闷之色，"那种诡计未免太犯规了。这本该是一次观察力测试。马库斯不允许开灯，所以我们看不见自己的手表。因此，如果他给出一座钟作为线索，那就是我们判断时间的唯一依据。我认为这是双方都认可的规则。我能告诉你每件事发生时那座钟上所显示的时间，但我无法判断一开始钟的走时是否准确。"

"唔，我可以，"玛乔丽说，"那座钟当然是准确的。"

她的语气十分果决，又带着惊愕和疑惑，似乎一切都在她意料之中，这一点却除外；又或是无法让其他人回归理智的无力感，逼得她疲惫不堪。

"我有非常充足的理由，"她告诉他们，"噢，这与观察力无关，与我的观察力无关！我很容易就能证明。那座钟当然是准确的。但钟的走时准不准确究竟有什么区别？"

"区别大着呢，"克罗少校说，"直接关系到某个当时不在这里的人有没有不在场证明。"

"乔·切斯尼。"英格拉姆教授嘀咕着，吹了声口哨。"不好意思。"他礼貌地补充。

此前他仅用一个笑容就能打动所有人，而此刻他同样仅用一句话（明显是说漏了嘴）就令众人浮想联翩。艾略特在琢磨词典中如何界定"言下之意"，无论定义如何，这句话都在平静的水面上激起了一阵涟漪。

"乔舅舅？"玛乔丽惊呼，"他怎么了？"

"继续提问吧。"教授以微笑安抚她。

艾略特迅速记了几笔，决定加快节奏。

"如果各位不介意，这些问题我们可以稍后再探讨。接下来的回答请尽可能简明扼要。下一个问题：从落地窗进来的人，身高是多少？"

"六英尺，"玛乔丽马上答道，"总之，他和威尔伯一样高，而我们都知道威尔伯的身高，因为威尔伯和乔舅舅一样高——"她停住了。

"六英尺应该没错，"哈丁沉思后表示，"我个人感觉略高于六英尺，但可能受了那顶奇形怪状的帽子的影响。"

英格拉姆教授清清喉咙。

"在这些问题上无休止地产生争议，"他说，"我看没有什么比这更让人生气的。"

很明显，他平静的脸色下，怒意已濒临沸点，就要喷薄而出了。这都是刚才那番"言下之意"的余波。玛乔丽的双眼格外明亮。

"噢，真受不了！你该不会说他其实又矮又胖吧？"

"不，亲爱的，冷静点。"英格拉姆教授看着艾略特，"警督，我的答案是：从落地窗进来的人身高大约五英尺九英寸——与哈丁先生或我本人的身高相当。又或者他原本身高六英尺，但借着大衣的掩护稍稍屈膝行走，让自己看起来略矮一些。无论如何，他的身高大约五英尺九英寸。"

众人沉默。

克罗少校戴着一副玳瑁边眼镜，这削弱了他的军人色彩。他一直在一个信封背面做笔记，此时抬手抹了抹前额。

"那么——"他说。

"什么？"

"我来问你，"警察局长气不打一处来，"我问你，直接点，你这算什么答案？他的身高要么是五英尺九英寸，要么也可能是六英尺。喂喂，英格拉姆，我觉得你在给大家洗脑，抓住一切机会唱反调。要不要听听到目前为止的比分？"

"洗耳恭听。"

"唔，你们都认同的是：桌上有个两磅装的巧克力盒；切斯尼拿起了两件物品，先拿起的是一支铅笔。但其他答案就乱成一团。我自己做了点笔记。"

他把信封递给英格拉姆，教授看完后又传给其他人。克罗少校的记录如下：

巧克力盒是什么颜色？	威尔斯小姐：绿色。
	哈丁先生：蓝色。
	英格拉姆教授：两者都对。
切斯尼拿起的第二件物品是什么？	威尔斯小姐：一支钢笔。
	哈丁先生：一支铅笔。
	英格拉姆教授：一个吹箭筒。
当时是什么时间？	威尔斯小姐：午夜十二点。
	哈丁先生：大约午夜十二点。
	英格拉姆教授：十一点五十九分。

戴帽子的人身高是多少？	威尔斯小姐：六英尺。
	哈丁先生：六英尺。
	英格拉姆教授：五英尺九英寸。

"只有在时间的问题上各位观点相近，"克罗少校又说，"而那个时间的真实性恰恰是最不可靠的。"

英格拉姆教授站起身。

"我可能不太理解你的意图，少校，"他说，"你要求我从专家证人的角度告诉你事实经过，说明你预料到答案会有分歧，而且你想找出分歧所在。可当我指出这些问题时，不知为何，你又发脾气了。"

"我明白，本意是好的，"克罗少校指着信封说，"但巧克力盒是怎么回事？盒子可能是绿色的，也可能是蓝色的，但绝不可能既是绿色的也是蓝色的，而你居然说两者都对。不瞒你说，"——尽管艾略特和波斯维克拼命使眼色，他仍将警方应有的审慎抛到一边——"不瞒你说，隔壁那个盒子是蓝色的，上面的花纹也是蓝色的。除此之外桌上只有另一件物品：一支扁平的铅笔。没有任何迹象显示还有其他东西：既没有钢笔，也没有第二支铅笔，更没有吹箭筒。一个蓝色的巧克力盒，一支铅笔，没了。请问，你对此有何评价？"

英格拉姆教授又坐下了，面带嘲讽的微笑。

"如果有机会，稍后我会解释。"

"好吧，好吧，"克罗少校咆哮着，抬手做敬礼状，"随便你，你高兴什么时候解释都行。我放弃了。请继续，警督，算我多嘴，原本你才是主角。"

随后几分钟里，艾略特开始察觉，他们的分歧逐渐消失。接下来的两个问题，以及再往后那个问题的前半部分，都得到了基本相同的回答。这些问题都与那个从落地窗进入的怪物有关，分别是：请描述此人的穿着。他的右手拿着什么东西？请描述它的样子。请描述他的行动。

看得出来，那怪物给他们留下了极其深刻的印象，从三人的答案中不难总结出此人的形象。从大礼帽到棕色羊毛围巾、太阳镜、雨衣、黑裤、漆皮晚礼服皮鞋，三人都没遗漏任何细节。每人也都正确描述了那家伙右手提着一个印有"R. H. 虚无医生"字样的黑包。唯一新出现的细节是：那家伙当时戴着橡胶手套。

答案的高度一致令艾略特大惑不解，然后他才想起，证人们其实有不止一次机会观察嫌犯的着装。"虚无医生"的那身装扮，包括黑色假发，都被丢弃在书房的落地窗外。证人们不仅在表演时看到过，出去寻找威尔伯·埃密特时也看见了。

不过，他们也将嫌犯在舞台上的一举一动记得清清楚楚。"虚无医生"戴着太阳镜俯身、点头，在一片白光中投下巨大的阴影，那景象如同梦魇，填满了他们脑海中的银幕。他们描述此人进入房间，他们描述嫌犯听到乔治·哈丁不经意的调侃时如何转身看过来；然后又叙述嫌犯背对他们把包放到桌上的过程；接着他们说到嫌犯走到桌子右侧，从口袋里掏出一个药盒，从盒中倒出一颗胶囊，随即——

可该死的线索在哪里？

这才是艾略特想知道的。问题差不多快问完了，却依然毫无头绪。是的，证人们各执一词，但这又能说明什么？

"有了一定进展，"他表示，"先把这个问题的后半部分问完。他是否拿走了桌上的东西？"

三个声音几乎同时响起。

"没拿。"玛乔丽说。

"没拿。"乔治·哈丁说。

"拿了。"英格拉姆教授说。

在随之而来的骚动中，哈丁斩钉截铁地说："我发誓他没拿。他根本没碰桌子。他——"

"当然没拿，"玛乔丽也说，"更何况，他有什么可拿的？似乎只少了一支钢笔——也可能是铅笔或吹箭筒（随便叫什么名字都行）——但我确定他没拿。马库斯舅舅把它放在面前的吸墨纸上，而那戴礼帽的家伙从没接近马库斯舅舅面前的吸墨纸，所以他怎么可能拿走什么东西？"

英格拉姆教授示意大家静一静。他看上去有点不高兴。

"我费了半天劲，就是想向你们解释这一点，"他说，"准确说来，他拿走了一个绿花图案的亨利牌巧克力奶糖盒，换成一个蓝花图案的亨利牌薄荷奶油夹心巧克力盒。你们要'字面上'的事实，我就按这个要求回答。别问我他是怎么办到的！当他把黑包放到桌上时，用包挡在绿盒子前面。而当他拿起提包，走出房间时，桌上的盒子就成了蓝色的。我再次强调：别问我他是怎样调包盒子的。我又不是魔术师。但我认为，残忍的巧克力毒杀案的手法，可以通过这一小动作得到解答。我建议你们好好研究一下。相信这也能在一定程度上减轻克罗少校对我的头脑和品格的怀疑；还有，今晚我发了好几次脾气，趁着下一次还没来，麻烦哪位给我一支烟好吗？"

第 8 章

魔术盒子

　　艾略特不知道英格拉姆教授有没有抽上烟，因为他突然想通了这个偷天换日手法的奥秘。

　　"我失陪一下。"他说，然后绕过钢琴，从落地窗出去了。

　　接着他才后知后觉地拉上身后厚重的天鹅绒窗帘。房子和栗子树间的狭窄草坪上，气温更低，光线也更暗，因为之前关了几盏灯，只有书房里一盏普通的灯还亮着。万籁俱寂的黑夜中，血肉之躯显得多么脆弱。远处仿佛传来微弱的铃声，但他不予理会，而将注意力聚焦于书房落地窗外"虚无医生"留下的那堆东西上。

　　那个黑包——

　　现在他知道那黑包为何似曾相识了。这个提包的形状和医生的药箱很像，体积更大一些，但比普通的手提箱小。这种提包是苏格兰场黑色博物馆的展品之一。

　　他在帽子和雨衣旁的提包边上蹲下身。提包的质地是刷了漆的皮革，看上去很新。侧面蜡印着"R. H. 虚无医生"。艾略特裹上手帕打开提包，里面有个鲜绿花朵图案的两磅装亨利牌巧克力奶糖盒子。

"我明白了。"他大声说。

这个提包可谓"商店窃贼之友"。艾略特把它举起来观察底部。这东西起初用于变魔术，但后来却沦为窃贼们的秘密武器，专门用来对百货商店、珠宝店等等将昂贵商品开放式陈列的店铺下手。

你带着这个平平无奇的提包走进店里，随手放在柜台上，假装在看其他东西，其实已经用提包盖住了你想偷的东西。提包底部暗藏魔术师的道具"弹簧夹"，你用它神不知鬼不觉地把底下的东西抓进提包，然后拎包离开。

"虚无医生"的手法渐渐清晰。进入书房后，他将提包放在桌上，这个过程中他始终背对观众。其实他并不是将提包放在绿色盒子前面，而是放在绿色盒子上面。攫取一个相对较小也较轻的巧克力盒子，对这种提包来说不在话下。他在雨衣那深深的口袋里藏了个蓝色的薄荷奶油夹心巧克力盒子，于俯身放下提包或再次俯身拎起提包时，他背过身阻挡观众的视线，趁机将蓝色盒子放到提包后面。在早已头晕目眩、高度紧张的观众面前，施展这种手段并不需要多么高级的技巧。而这一切全都是在马库斯·切斯尼的配合与指导下完成的，是马库斯·切斯尼计划中的一部分，意在让证人们怀疑自己的眼睛……

但这件事对侦破此案或者糖果店毒杀案究竟有什么帮助？这是否意味着特里太太店里的巧克力是整盒被调包的？

"嘿！"一个声音低低响起。

艾略特惊得跳起。声音嘶哑低沉却急促，来自头顶正上方。他仰头一望，只见乔·切斯尼医生的脸正探出二楼的一扇窗户俯视着他。乔医生大半个身子都倾出窗外，艾略特不禁担心他会不会像个洗衣袋那样轰然掉下来。

"你们都聋了吗？"乔医生压着嗓门，"没听见门铃响？怎么没人去开门？已经响了五分钟。见鬼，我可走不开，这里有病人——"

艾略特醒悟过来，那肯定是奉命从十二英里外赶来拍照、取指纹的警员。

"还有——嘿！"乔医生吼道。

"什么？"

"叫玛乔丽上来，可以吗？他想见她。"

艾略特立刻抬头："他醒了？能不能让我见见他？"

窗口有条宽松的袖子晃动着，从中伸出一只色泽暗淡、毛茸茸的拳头，冲他摇了摇。在灯光烘托下，蓄着棕黄色胡须的乔医生恍如魔鬼。

"不行，老弟，他还没清醒，没到你需要的那种程度。今晚你不能见他，明天也不行，说不定今后几星期、几个月、几年都不行。懂吗？叫玛乔丽上来。这些女佣不中用，一个总是拿不稳东西，另一个躲去睡觉了。噢，上帝呀！"

那颗脑袋缩回去了。

艾略特缓缓收起"虚无医生"留下的衣物。遥远的铃声已经止息。一阵寒风逐渐搅动着长夜，它在残余的树叶间穿行，它从土壤中翻起秋天留下的丰饶而腐朽的气息；然后，不知是因为微风的坚持不懈，还是因为某处所打开的一扇门，它裹来了另一种更甜美的味道。整座房子里仿佛都弥漫着那若有若无的香气。随即艾略特想起，附近有面积达半英亩的温室，所种的桃树、杏树，果实在七月至十一月间成熟。孕育苦杏仁的杏树逸散出香气，在黑暗中，如鬼魅般萦绕着贝勒加大宅。

他带着"虚无医生"的衣物进入书房时，通往走廊的门正好打开，波斯维克警司新带来两个人：韦斯特医生和马修警长。克罗少校跟在他们后面。马修遵照指示，开始按程序取指纹、拍照。韦斯特医生则俯身检查马库斯·切斯尼的尸体。

克罗少校看着艾略特。

"怎么了，警督？"他问，"为什么突然冲出去？你发现了什么？"

"我发现了调包巧克力盒的手法，长官。"艾略特解释了一遍。

克罗少校颇受震动。"真是干脆利索，"他承认，"干脆得吓人。但即使如此——问题是，切斯尼从哪里弄来这种魔术提包？"

"在伦敦的魔术道具商店就能买到。"

"你是说他专程去伦敦买的？"

"看起来是这样，长官。"

克罗少校上前检查提包。"那就说明，"他沉吟道，"他筹备这场表演已经有一段时间了。哎，警督，"——他似乎强忍着狠踹提包一脚的冲动——"调查越深入，这场离奇表演的重要性就越来越强，同时又越来越令人费解。现在我们的调查进展到什么程度？掌握了什么证据？等等！切斯尼那张表上还有其他问题吗？"

"有的，长官，还剩三个。"

"那就过去问完，"警察局长冷冷地瞄了紧闭的双扇门一眼，"但在此之前，我问你，有没有注意到这场闹剧中，有个东西很特别？"

"是什么？"

克罗少校站稳脚跟，伸出瘦削的手腕和食指，仿佛在发表重要宣言："那座钟有问题。"

他们看着那座钟。韦斯特医生已经打开炫目的摄影灯泡，以便检查尸体。于是那装在大理石外框内、点缀黄铜的白色钟面，又一次在壁炉架上瞪着他们。时间是一点四十分。

"啊！我该回家了，"克罗少校突然说，"可是——你看那钟，会不会被切斯尼调过时间？可能他在表演前就下手了。表演结束时，还记得吗，他关上双扇门，直到英格拉姆敲门请他出来谢幕，他才进入音乐室。那段时间里，他可以把钟拨回正确时间，对吧？"

艾略特满腹狐疑。

"应该可以，长官。如果他想这么做的话。"

"当然可以，还有什么比这更容易。"克罗少校走向壁炉架，挤到死者的椅子后面，把钟转过去，轻轻拍了拍，让钟背对他们。"看见这两个零件了吗？一个是用来上发条的钥匙，另一个是用来调整指针位置的小针——啊！"

他俯身定睛细看，艾略特也凑过来。果然，钟的背后有把小小的铜钥匙，但另一处本该插着小针的地方，只留下一个小孔。

"被破坏了，"艾略特说，"是隔着钟的外壳动手的。"

他凑得更近了些，只见那个小孔里还留有短短的、亮晶晶的桩头；钟的金属背面有点脏，小孔周围有一道崭新的划痕。

"最近才被破坏，"他解释，"难怪威尔斯小姐说她很肯定钟的时间是准确的。对吧，长官？除非请来钟表匠，否则就算有人想改变指针的位置，也无能为力。"

克罗少校瞪着眼前的钟。

"荒谬，"他说，"这还不简单，像这样——"

他又把钟转回原来的朝向，打开保护钟面的圆玻璃罩，捏住指针。

"只须推一推而已——"他又说。

"小心，长官！"艾略特说。

克罗少校松开手，自知失算。金属指针过于精细，不管往哪个方向强行推动，都只会把它们折弯，甚至折断。显然，想将指针的位置改变哪怕一秒钟都是徒劳。艾略特退后站定，忍不住露出微笑。指针继续嘲讽般挪动着，固定指针的金属螺栓朝他眨眨眼，那嘀嗒声拨动了他心灵深处的欢乐之弦，差点让他对着警察局长的脸笑出声。多么典型的象征啊，他正望着小说家的噩梦——一座无法改动时间的钟。

"所以钟的走时正常。"他说。

"不一定。"克罗少校说。

"可是，长官——"

"这座钟肯定有问题，"克罗少校的语气缓慢而郑重，似乎在发表宣言，"我承认，现在我还没搞懂，但用不了多久我就能证明给你看。"

这时，摄影灯泡迸出一阵强光和烟雾，骤然熄灭。众人都吓了一跳，角落里的绿罩台灯相形之下显得十分昏暗。但韦斯特医生已然起身；这位戴着夹鼻眼镜的老人，看上去相当疲惫。

"你想知道什么？"他问克罗少校。

"唔，他中的是什么毒？"

"氰酸，或者某种氰化物。早上我会详细验尸，再通知你具体结果。"

"某种氰化物？乔·切斯尼只说是氰化物。"

韦斯特医生略显为难地解释："你们想的可能是氰酸钾。用氰酸可以制成多种氰酸盐，氰酸钾只是其中一种。不过的确是最常见的。"

"我真是才疏学浅，"克罗少校说，"我对番木鳖碱有一定了解，但氰酸这方面就外行了。唔，假设有人用氰酸或氰化物毒杀切斯尼，毒药的来源是什么？怎样才能弄到？"

"我做过一些笔记，"医生边说边慢吞吞地在衣袋里摸索，"氰酸中毒的案例可不多见，"他的谦逊中又带着一丝自得，"罕见，非常罕见。我在处理比利·欧文斯一案时做了些笔记，不妨向你介绍一下。"

他不疾不徐地继续说道："外行人几乎没有任何途径弄到纯氰酸。但话说回来，任何一名出色的药剂师都有能力轻易用无毒的物质（我是指未被列入毒物名录的物质）提炼氰酸。氰酸钾属于氰酸盐，用途非常广泛。你们可能也知道，氰酸钾可用于摄影，果树除虫有时也用它——"

"果树。"克罗少校嘀咕着。

"还可以用于电镀，用于制作捕虫瓶——"

"捕虫瓶是什么？"

"研究昆虫学的用品，"医生说，"可以捕捉蝴蝶。无痛苦的捕虫瓶中氰酸钾含量是百分之五，可以找动物标本制作师购买。不过买家当然必须在毒物登记簿上签字。"

"我有个问题，医生，"艾略特插话，"桃核里是不是含有氰酸？"

"对，是这样。"韦斯特医生擦擦额头。

"将普通的桃核压碎、蒸馏，能否提炼出氰酸？"

"以前也有人问过我，"韦斯特医生更用力地擦着前额，"可以办到。但我估算过，如果要从桃核中提炼出足以置人于死地的剂量，大约需要六千五百个桃子，这几乎不具备现实可行性。"

片刻的沉默后，波斯维克警司沉声道："这次的毒药总该有出处才对。"

"没错，你得查出它的来源。"警察局长说，"之前我们没能查到番木鳖碱，但现在即便要翻遍全英国的每一本毒物著作，也必须揪出氰化物的来龙去脉。这项工作由你负责，警司。对了，顺便问问——那种大颗的绿胶囊，你了解吗？那种蓖麻油胶囊？"

"怎么了？"

"如果要在那种胶囊里添加氰化物，该怎样操作？用皮下注射器可以吗？"

韦斯特医生沉思着："可以，这种方法可行。只要添加的剂量不太多就可以，明胶和油会将氰化物牢牢裹在里面。胶囊能够隐藏氰化物的气味和口感。十分之九格令的脱水氰酸就能达到致死剂量；氰酸钾的毒性当然相对没那么烈，但客观地说，两三格令也足够了。"

"中毒后多长时间会发作？"

"这得视剂量而定，"韦斯特医生略显无奈，"通常情况下，我认为十秒钟之内就会出现中毒症状。但这种特殊情况下，首先要等明胶融化，而且蓖麻油也会延缓毒性吸收。大致可以说，两分钟后才会产生显著的中毒症状。其余问题就取决于摄入的剂量了。随之而来的就是全身器官衰竭。但中毒者也许三分钟内就死亡，也许半小时后才死亡。"

"唔，这和我们掌握的情况相符。"克罗少校气冲冲地一挥手，"总之，警督，我建议再回去和他们聊聊，"他恶狠狠地朝紧闭的双扇门点点头，"问问他们是否确定，之前看到的确实是一颗蓖麻油胶囊。难保其中又有什么障眼法。查清楚——噢，只有把这些愚蠢的花招都拆穿，我们才能理清目前的进展。"

总算有机会单独工作的艾略特暗自欣喜，他走进音乐室，关上门。几双眼睛都盯着他。

"今晚不会再耽误各位太久，"他愉快地对他们说，"但现在需要各位答完余下的这些问题——"

英格拉姆教授审视着他。"稍等，警督，"他说，"你能不能先说说，是不是发现巧克力盒如我刚才所说，被调包了？"

艾略特迟疑着："没错，先生，可以向你透露，确实如此。"

"啊！"英格拉姆教授极为满意，他往后坐了坐，玛乔丽和乔治·哈丁则一头雾水地望着他，"如我所愿。离破案不远了。"

玛乔丽本想说点什么，但艾略特没给她机会。

"切斯尼先生的第八个问题，与那个戴礼帽的人有关。他让我吞下什么东西？我吞下它用了多长时间？各位都认同那是一颗蓖麻油胶囊吗？"

"是的，我很肯定，"玛乔丽答道，"他吞下胶囊用了两三秒钟。"

"外观上的确很像，"英格拉姆教授出言谨慎，"他费了点劲才咽下去。"

"我对胶囊之类完全不了解，"哈丁神色苍白、不安且犹疑，这令艾略特有些不解，"要我说的话，是一颗葡萄，一颗绿葡萄，我当时还奇怪他怎么没噎着。但如果你们两位都认得那东西，好吧，我也没意见。"

艾略特转移话题："这一点先放一放。接下来的问题至关重要：他在房间里待了多久？"

他的语气相当严肃，而英格拉姆脸上的挖苦神色变得藏都藏不住，这让玛乔丽举棋不定。

"这里面该不会有陷阱吧？"她问，"你是指从他走进落地窗开始，到他出去为止，有多长时间？应该不算太久，我觉得两分钟吧。"

"两分半。"哈丁说。

"准确说来，他在房间里待了三十秒，"英格拉姆教授说，"人对时间的估算总是明显偏长——没完没了，毫无新意，实在太无聊了。事实上，'虚无医生'的风险很小。你几乎没机会仔细观察他，却以为自己已经观察过了。警督，如果你愿意，我可以给你整个表演过程的完整时间表，包括切斯尼的所有动作，怎么样？"

艾略特点头同意，英格拉姆教授闭上双眼。

"切斯尼走进双扇门，我关掉这个房间的灯，从这里算起。我关灯后，过了约二十秒，切斯尼拉开双扇门开始表演。从切斯尼开门到'虚无医生'进入房间，整整四十秒。也就是说'虚无医生'进来之前有一分钟时间。'虚无医生'的戏份三十秒内就结束了。他离开后，切斯尼又坐了三十秒，然后他往前倒下装死。他站起来再次关上门。我折腾了一阵才开了灯，因为我在门边摸索开关时总是摸去错误的一侧。这差不多花了二十秒。但整场表演从关灯到开灯，时长仅为两分二十秒。"

玛乔丽满面怀疑，哈丁则耸了耸肩。他们虽未反驳，但心中另有看法。两人都显得苍白而疲惫，玛乔丽微微颤抖，目光中疲态尽显。艾略特知道，今晚不宜把弹簧压得太紧。

"最后一个问题，"他说，"请注意。是否有某个人或某几个人说了话？具体说了些什么？"

"幸好最后是这个问题，"玛乔丽咽了咽唾沫，"最起码这次我不会错。戴礼帽的那家伙从头到尾都没说话。"她严厉地盯着英格拉姆教授，"你应该不会反对吧？"

"不会，亲爱的，我没有异议。"

"马库斯舅舅也只说了一次。戴礼帽的那家伙把黑提包放在桌上，走到桌子右侧时，马库斯舅舅说：'现在你已经把之前所做过的都做完了，你还要做什么？'"

哈丁点点头。"没错。'现在你已经把之前所做过的都做完了，你还要做什么？'大致如此，我不敢保证是否和原话完全一致。"

"全过程中只有这句话？"艾略特追问。

"只有这句。"

"我不同意。"英格拉姆教授说。

"噢，去死吧！"玛乔丽几乎是在嘶吼。她陡然跳起。艾略特吓了一跳，震惊于她那温柔的脸庞，那带着维多利亚时代的宁静优雅的脸庞，竟也会骤然变色。"下地狱去吧！"

"玛乔丽！"哈丁喊道。然后他咳了两声，尴尬地朝艾略特示意，像个希望通过扮鬼脸逗孩子开心的成年人。

"没必要这么大反应，亲爱的，"英格拉姆教授和颜悦色地说，"我只想帮你的忙，你知道。"

玛乔丽不知所措地伫立许久，眼中涌出泪水，她的脸色让她的美丽显得格外真实，就连抽搐的嘴角也无损于她的美。

"对不起。"她说。

"就字面意义而言，"英格拉姆教授若无其事地继续说道，"说表演过程中没有其他人说话，是不对的，"他看着哈丁，"例如，你就有说话。"

"我有说话？"哈丁问道。

"是的。'虚无医生'进来时，为了获得更好的拍摄角度，你往前挪了挪，然后说，'嘘！是蒙面人！'对吧？"

哈丁揉了揉一头粗硬的黑发。"是的，先生。我可能是想调节一下气氛。可这算什么！——这和问题没关系吧，难道问题所指的不是舞台上的人说了什么？"

"还有你，"英格拉姆教授对玛乔丽说，"你也有说话，或者说是小声地自言自语。'虚无医生'把那颗蓖麻油胶囊塞进你舅舅嘴里，并且把他的头往后扳，强迫他吞咽胶囊时，你小声说，'不要！不要！'声音不大，但很清晰。"

"我不记得说过话，"玛乔丽眨眨眼，"但这又能说明什么？"
教授的语气变得轻松起来。

"我是在帮你应对艾略特警督的下一波攻势。一直以来我都想提醒你：他始终都在怀疑，我们三人之中是否有人能偷偷溜出去，在没开灯的两分钟时间内谋杀你舅舅。现在，我可以发誓，'虚无医生'上台期间，我不仅看到你——你们两人——也听到了你们的声音。我可以发誓你们始终没有离开这个房间。如果你们也能同样为我作证，我们就能拿出让整个苏格兰场都无法推翻的三重不在场证明。你们说呢？"

　　艾略特抖擞精神。他知道，接下来几分钟，他将直面本案的关键。

第9章

三重不在场证明

这次哈丁站了起来。他那双大眼睛——"大得像牛眼似的"（艾略特在各种动物中筛选一番后，为哈丁选择了这个比喻）——显得相当惊慌。他的神色依然和善，毕恭毕敬的姿态也丝毫未减；但体毛浓密的双手却微微颤抖着。

"可我当时在拍摄啊！"他抗议道，"你看，这是摄影机，难道你没听见它转动的声音吗？难道你——"

然后他笑了，笑容真挚而迷人。他似乎希望有人能和他一起笑，又因无人响应而郁闷不已。

"我懂了，"他望向远方，"我读过一个案例。"

"现在你要说故事？"英格拉姆教授质问。

"是的，"哈丁正色答道，"案中的某人有不在场证明，因为证人们发誓，他们听见他一直在敲打字机。结果事实是，他让某个机械装置发出打字机的声音，而他本人并不在场。我的天，难道你以为有类似的东西可以帮我操作摄影机，好让我偷偷溜走？"

"这也太荒谬了，"玛乔丽的表情如同活见鬼，"我当时看见你了啊。我知道你就在那里。你不会以为他真的用了那种手法吧，警督？"

艾略特勉强咧嘴笑了笑。

"威尔斯小姐，我可什么都没说，是教授一直在说。总之，我们至少会从排除这种可能性的角度"——他安慰道——"去考虑查一查这个问题。不过，当时这里不是一片漆黑吗？"

英格拉姆教授抢先回答。

"切斯尼打开双扇门之前，黑暗持续了大约二十秒。后来摄影灯泡投在书房墙壁上的光线被反射过来，所以这里谈不上一片漆黑。至少物体的轮廓还是很清楚的，我想大家应该都有同感。"

"稍等，先生，你们的座位顺序是？"

英格拉姆教授站起来，小心地将三张扶手椅排成一行，两两相隔约三英尺。椅子面朝双扇门，距离约八到九英尺，所以他们与马库斯·切斯尼的距离满打满算差不多是十五英尺。

"我们来之前切斯尼就把椅子摆好了，"英格拉姆教授解释，"我们没挪过椅子。我坐在右边这个位置，离灯最近。"他按住那张椅子的椅背，"玛乔丽坐中间，哈丁坐另一头。"

艾略特研究了一下位置，然后转向哈丁。

"可你为什么要坐在左边那么远的位置？"他问，"从中间拍摄不是效果更好吗？在左边这个位置，你拍不到'虚无医生'从落地窗进来时的镜头。"

哈丁擦了擦额头。

"那好，我问你，当时我怎么知道接下来会发生什么事？"他说，"切斯尼先生没提示要让我们关注什么，他只说'坐在那里'。你该不至于以为我会和他争辩吧，我可没那个胆子。我就坐——准确说是站在这儿，视角挺好的，够了。"

"噢，这有什么好争的？"玛乔丽说，"当时他当然在场，我看见他前后走动调度镜头。我也在场，对吧？"

"没错，"英格拉姆教授和蔼地说，"我感觉得到你。"

"呃？"哈丁问道。

英格拉姆教授神色凶狠："我是指我能感受到她的存在，年轻人。我听到她的呼吸声，我只要一伸手就能碰到她。对，她穿着黑衣；但你应该也注意到了，她的皮肤雪白雪白的，在黑暗中，她的手和脸，就跟你的衬衫前襟一样白。"他清了清嗓子，又转向艾略特，"警督，我想告诉你的是，我可以发誓他们两位都没离开过房间。哈丁一直在我的视野之中，玛乔丽更是在我伸手可及的范围内。那么，如果他们也能同样为我作证——？"

他的头一低，礼貌而热切地望向玛乔丽。在艾略特眼中，他的姿态就像为病人把脉的医生，神色平静而专注。

"你当然在场啊！"玛乔丽喊道。

"你确定？"艾略特追问。

"百分之百确定。我看见他的衬衫和他的光头了，"她加重语气，"而且——噢，我全都看见了！我还听见了他的呼吸声。你难道没参加过降灵会？降灵会上有人离开的话，难道你察觉不到？"

"你怎么说，哈丁先生？"

哈丁犹豫着。

"唔，老实说，我绝大多数时候都盯着镜头，所以没怎么

100

观察周围。不过，等等！"他的右拳撞进左掌，表情如释重负，仿佛双眼背后有车轮开始转动，"哈！稍等，别催。就在戴礼帽的家伙走出镜头后，我抬起头、往后退，关掉摄影机。后退时我撞到一张椅子，这才四下张望，"他扭动手腕示意着，"我一眼就看见玛乔丽，我看见她眼里闪着光，怎么说呢，这种表述不太贴切，但你懂我的意思。我当然知道她一直都在场，因为我听见她脱口而出'不要'。总之我当时看见她了。"他露出灿烂的笑容，大大调剂了整个房间的气氛，"不用量也知道，她的身高既不是五英尺九英寸，也不是六英尺。所以我们还有嫌疑吗？"

"你看见我了吗？"英格拉姆教授问道。

"嗯？"哈丁的目光只落在玛乔丽身上。

"我是说，在黑暗中，你看见我了吗？"

"噢，看见了。你当时弯下腰，应该是在努力看表吧。你确实在场。"

哈丁重又精神焕发、活力四射，两手的拇指拢住马甲，仿佛要昂首阔步一番。

但一番摸索下来，艾略特却渐觉眼前的雾霭更浓。此案堪称一片心理学的沼泽，但他愿意发誓，这些人说的是实话，又或者，这些人以为自己说的是实话。

"现在摆在你面前的是相互印证的不在场证明，非常可靠，"英格拉姆教授解释，"我们三人都不可能是凶手。无论如何，你必须以此作为查案的基础。当然，你也可以质疑我们的证词，但还有什么比现场实验更简单？重建现场！我们和当时一样坐成一排，把灯关掉，再打开书房里的摄影灯泡。到时你就能亲眼见证，我们中的任何人都不可能在不被人发现的情况下离开这个房间。"

"这恐怕行不通，先生，除非你还有一个摄影灯泡，"艾略特说，"灯泡已经烧完了，更何况——"

"可是——"玛乔丽喊出声，随即稳住情绪，只将困惑的目光投向紧闭的双扇门。

"更何况，"艾略特继续说道，"拥有不在场证明的人可能不止你们几位。有件事我特别想问问你，威尔斯小姐，刚才你说书房里那座钟的时间肯定正确，为什么这么确定？"

"什么？"

艾略特又将问题复述一遍。

"因为钟坏了，"玛乔丽这才回过神来，"我的意思是，用来调指针的那个东西叫什么来着，断了，所以根本没法调整时间。而且那座钟自从来到家里，走时就一直非常精确，一秒钟的差错都没出过。"

英格拉姆教授低声轻笑。

"这样啊。是什么时候断的，威尔斯小姐？"

"昨天早上。帕梅拉——家里的一个女仆——整理马库斯舅舅书房时弄坏了。她一手给钟上发条，另一手握着一个铁烛台，不小心让烛台撞到那根小针，把它撞断了。我还以为马库斯舅舅会发火。哎，他只准我们一周整理他的书房一次，因为他生意上的所有文件都在那里；特别是正在写的一份手稿，绝对不允许我们触碰。然而他没有。"

"没有什么？"

"没有发火。恰恰相反，他走到钟的正前方，我提议把钟送到城里的西蒙斯钟表店去修。他盯着钟看了一会儿，突然放声大笑。他说，不，不，别管它，现在的时间准确，无法调整，挺有意思的。（钟的发条八天上一次，当时已经上紧了。）他还说帕梅拉是个好女孩，等她父母老了，她一定特别孝顺。这些我记得很清楚。"

这是为什么？艾略特警督思索着，为什么一个人站在一座钟前面，会突然放声大笑？但没等他细想，麻烦又接踵而来。克罗少校出现在通向走廊的门口。

"借一步说话方便吗，警督？"他的声音有点奇怪。

艾略特走出去，关上门。走廊很宽敞，墙上镶着淡色的橡木嵌板，台阶宽而低平，地面擦得锃亮，几乎都能映出地毯边缘的图案。一盏亮着的落地灯在楼梯旁打出一个光圈，照亮了旁边小桌上的一部电话。

乍看之下，克罗少校的神情依然平和，但眼中却闪现锋芒。他朝电话点点头。

"我刚和比利·恩斯沃斯谈过。"他说。

"比利·恩斯沃斯？是谁？"

"乔·切斯尼今晚去的就是他家，他老婆今晚生孩子。我知道现在很晚了，但我猜恩斯沃斯很可能还在和朋友庆祝。果然不出所料。我就和他聊了聊，没透露什么，只是恭喜他。但愿他不会怀疑我为什么非得凌晨两点打电话道贺。"克罗少校深吸一口气，"唔，如果书房里的钟走时精确，那么乔·切斯尼的不在场证明是板上钉钉的。"

艾略特没有回应。这在他意料之中。

"孩子十一点十五分出生，然后切斯尼坐下来和恩斯沃斯以及他的朋友们聊到将近十二点。他离开时大家都看了表。恩斯沃斯送他到门口，教堂恰好敲响十二点的钟声；恩斯沃斯在台阶上畅谈了一番'明天会更好'。所以医生离开的时间可以确定。恩斯沃斯住在索布里克洛斯的另一头。谋杀发生时，乔·切斯尼绝不可能赶回这里。你怎么看？"

"只是，长官，他们都有不在场证明。"艾略特将先前的调查情况告诉少校。

"嗯……"克罗少校说。

"就是这样，长官。"

"这就麻烦了。"

"是的，长官。"

"麻烦大了，"警察局长不由提高了嗓门，"他们说当时其实没那么暗，足以看见每个人的行动，你觉得这是实话吗？"

"我们自然要检验一下，"艾略特迟疑着，"但我也注意到，重点在于书房里的光线很亮，所以，我真的认为这个房间不至于暗得让人有机会偷偷溜出去而不被发觉。说老实话，长官——我相信他们。"

"他们三个会不会串通好作伪证？"

"一切皆有可能，不过——"[1]

---

1. 菲尔博士曾说："没有比串通撒谎更无用、更令人恼火的证据了。"所有，有必要在此声明，三位证人之间绝无任何形式的串通，每个人的证词都是独立作出的，并未与另外两人（或其中的某一人）共谋。——约翰·迪克森·卡尔

"你觉得不会？"

"至少，"艾略特小心翼翼，"看上去我们不应将全部注意力都放在这家人身上，必须拓宽思路。那个穿礼服的幽灵说不定确实是外人。见鬼，为什么要排除这种可能性？"

"我来告诉你，"克罗少校冷冷答道，"因为波斯维克和我刚刚发现有证据表明——请注意，是证据——凶手要么是家里人，要么是和这家人关系密切的人。"

那种非理智的感觉重又攫住了艾略特，似乎有什么地方出了大差错，他仿佛是在透过度数严重偏差的眼镜审视此案。克罗少校将他拽到楼梯旁。这位警察局长的动作，显得有点儿心虚。

"用了一点非常手段，不合规矩，"他"啧啧啧"地咋舌，"但已经这么干了，而且效果很好。波斯维克上楼去看埃密特的情况是否适宜和我们交谈，他趁机到浴室里看了看，在浴室的药柜里，发现了一瓶蓖麻油胶囊。"

警察局长望向艾略特的目光中带着问号。

"这不算什么，长官。我能理解，用点非常手段也是常事。"

"对嘛。对嘛！还有后续，他发现在架子后侧，漱口水旁边，还塞着一个一盎司装的瓶子，里面有四分之一左右的纯氰酸……

"你一定吓一大跳吧，"克罗少校不无得意地说，"我反正吓了一大跳，特别是你刚才还说这家里人人都有不在场证明。请注意，那可不是毒性相对没那么强的氰酸钾，而是高纯度的氰酸，全世界致死速度最快的毒药。至少，我们认为那是氰酸。韦斯特会拿去化验，但他也基本认定了。其实瓶子上就有'纯氰酸'的标签。波斯维克一眼看见的时候，简直不敢相信他自己的眼睛。

他拔开了瓶塞，可刚闻到一丝丝气味就赶紧塞回去，这辈子他的动作都没那么快过。他听说如果吸入一大口纯氰酸就足以送命，韦斯特表示是真的。你看这宝贝。"

他小心翼翼地在衣袋里摸索着，掏出一个小瓶子，瓶塞几乎完全被按进瓶口。他稍稍倾斜瓶身，里面是无色的液体。瓶子上贴着一张胶纸，上头有墨印的"纯氰酸"潦草字样。克罗少校将瓶子放到电话桌上，迎着光，自己则往后退，仿佛刚刚点燃一个极其危险的大爆竹。

"没有指纹，"他说，"别靠得太近，"接着他又紧张兮兮地补充，"难道你没闻到？"

艾略特闻到了。

"但这东西是从哪里搞到的？"他说，"韦斯特医生说的你也听到了，外行人几乎没有任何途径弄到纯氰酸。唯一有可能拿到手的就是——"

"没错，这方面的专家。比如说，化学研究员。对了，哈丁这家伙，是干什么工作的？"

不知是幸运还是不幸，哈丁恰在此时走出音乐室。

之前艾略特离开时，哈丁似乎正处于心情颇佳、雀跃不已的状态。此刻，虽然他离桌上的瓶子不远，肯定已经看清了标签上的字样，但他的兴致却不见消减。他一手扶住门框，像是有人要给他照相似的，然后又凑过来，笑嘻嘻、恭恭敬敬地朝警察局长点头致意。

"氰酸？"他指着瓶子问道。

"标签上是这么写的，年轻人。"

"我能问问是在什么地方发现的吗？"

"在浴室里。是你放的吗？"

"不是，长官。"

"但你在工作中会接触到这种东西，对吧？"

"不不，"哈丁急忙答道，"真的没有，"他又说，"我用的是氰酸钾——而且用量很大。我在研究电镀工艺，可以让仿制的银器与真货相媲美。如果能打开市场，得到足够的投资，免受资金不足的困扰，我肯定能掀起这个行业的一场革命。"听起来他俨然是在陈述事实，一点吹嘘的成分都没有。"但我不用纯氰酸。这东西对我没用。"

"好吧，你很坦诚，"克罗少校稍稍轻松了些，"不过，你有能力提炼氰酸，不是吗？"

哈丁说话时格外用力，一个接一个词从嘴里往外迸的时候，整个下巴都随之颤动。艾略特简直怀疑他是不是生来就有语言障碍，就像他已经克服的其他毛病一样。

"我当然能办到，人人都可以。"哈丁说。

"我没听懂，年轻人。"

"哎，听我说！提炼氰酸，需要什么材料？我来告诉你。碳酸钾，无毒，到处都可以买到；浓硫酸，俗称'坏水'；再从附近的车里弄点电池。这都不难吧？还需要清水。把这些东西掺到一起，经过蒸馏——即便是个金发小朋友，奶奶的厨房里那些工具也够用了——你就能提取出那个瓶子里的东西。任何人只要面前摆上一本最基础的化学书，都能办到。"

克罗少校不安地瞥了艾略特一眼。"这样就能获取氰酸？"

"就这么简单。但可千万别把我的话当回事。问题是——唔，长官，有点不对劲。方不方便告诉我：刚才你说这东西是在浴室里找到的，对此我并不意外，我都有点麻木了，但你的意思是，这东西在浴室里随手就拿到了，就像拿一管牙膏那样？"

克罗少校两手一摊。他也有同样的念头。

"这座宅子已经腐朽，"哈丁端详着精致而宽敞的走廊，"看上去一切安好，但内部有什么东西已经被毒药侵蚀了。我是个外人，我能察觉到。现在——呃——请容我告退，我要去餐厅喝一杯威士忌。老天保佑，酒里可别掺什么毒药。"

他的脚在光滑的木地板上踏出清脆的响声，仿佛是对魔鬼的嘲笑。楼梯上的灯光颤动着，小瓶子里的毒药颤动着；楼上那个脑部受到重击的人卧床呻吟着，楼下的两名警察面面相觑。

"棘手啊。"克罗少校说。

"是啊。"艾略特附和。

"你有两条线索，警督，两条明确、可靠的线索。第一，明天年轻的埃密特可能会清醒过来，到时他就能告诉你他出事的经过。第二，还有那部影片，我会安排明天下午送到你手上，索布里克洛斯有人能处理这些东西；到时你就能分析表演过程中究竟发生了什么。除此之外，我不知道你掌握了什么，注意，我说的是'你'。我还有事要办。明天，我以个人名誉向你保证，明天我就不再插手。这是你的案子，好好享受吧。"

就私人感情而言，艾略特一点都不享受。但公事公办，将目前的调查情况压缩一下，可以精炼得犹如一枚指纹。

谋杀马库斯·切斯尼的凶手，极有可能就是这家里的某个人。

然而这家里的每个人似乎都有无懈可击的不在场证明。

那么，凶手究竟是谁？

凶手又是如何作案的呢？

"我明白你的想法，"警察局长说，"你放手去查，查个水落石出。话说回来，眼下我个人有四个问题，愿意悬赏二十英镑征求解答。"

"什么问题，长官？"

克罗少校放下了警察局长的架子，声音里带上了哭腔。

"为什么要把绿色巧克力盒换成蓝色的？那座莫名其妙的钟究竟有什么毛病？那个戴礼帽的家伙究竟身高多少？噢，还有，切斯尼为什么要摆弄一支之前没人见过的南美吹箭筒？"

第 10 章

庞贝的少女

第二天上午十一点，艾略特警督开车来到巴斯，停在波纳什酒店附近，酒店位于罗马澡堂入口对面的庭院里。

如果有谁说巴斯的雨下个不停，那简直是在诋毁这座高贵的城镇。镇上那些高耸的十八世纪建筑，宛若高挑的十八世纪贵妇，对火车和汽车视若无睹。但严格说来，今天早晨巴斯的确是大雨倾盆。艾略特一头扎进酒店大门时心情低落到了极点，他迫切需要找人倾诉，否则还不如干脆甩掉案子，回头再找他的警司汇报原因。

昨晚他几乎彻夜未眠，今早八点就开始进行例行讯问。但威尔伯·埃密特狂乱中满口呓语的模样在他脑中挥之不去——黏着药膏的头发，红红的鼻子，带着疤痕的面容——而且那些话没有一句能让人听清楚。那是昨夜留给他的最后一场梦魇。

艾略特来到酒店前台，询问基甸·菲尔博士的住处。

菲尔博士还在楼上的房间里。虽然时间真的不早了，但菲尔博士才刚起床，正穿着一件蓬松得如同帐篷的法兰绒睡袍，坐在餐桌旁喝咖啡、抽雪茄，读一本侦探小说。

菲尔博士那系着宽黑丝带的眼镜牢牢夹在鼻梁上，短髭凶恶地竖起，两颊一翕一张，身上的大紫花睡袍随着深沉的呼吸缓缓起伏，可见他正聚精会神地追缉书中的凶手。但当艾略特进门时，他便骤然起身，仿佛一头在潜水艇下上浮、正掀起滔天巨浪的海中怪兽，险些把桌子撞翻。他满脸喜气，脸上焕发出亮得近乎透明的光芒，这让艾略特宽心不少。

"哇！"菲尔博士搓着双手，"太好了。老天在上，太棒了！坐，坐，快请坐。吃点东西，随便吃。嘿？"

"是哈德利警司让我来找你的，先生。"

"那就对了。"菲尔博士如幽灵般轻笑两声，大大咧咧地往后一靠，打量着艾略特，仿佛这位客人是从未见过的新鲜玩意。他的欢乐情绪让整个房间都充满活力。"我来喝一杯。那句古诗读起来是多么精致、辽远而富有冒险气息啊——且饮美酒舒愁怀，明日扬帆再出海[1]。但这东西喝起来真是名不副实。我喝完第十或者第十五品脱[2]之后，很少还有兴致再唱祝酒歌。"

"喝那么多不太好吧？"

"要喝就喝个够，"菲尔博士坚定地说，"任何事情，我要么不做，要么做得彻底。你现在感觉如何，警督？"

艾略特试着鼓起勇气。

"好多了。"他承认。

"噢，"菲尔博士脸上的光芒褪去，眨了眨眼，"你应该是为了切斯尼一案而来的吧？"

"你已经听说了？"

---

1. 出自古罗马诗人贺拉斯的《颂诗》。
2. 品脱：英美制容量单位，英制 1 品脱约等于 0.5683 升，美制 1 品脱约等于 0.4732 升。

"哼哼，是啊，"菲尔博士嗤之以鼻，"这里的服务员，好家伙，连铃声都听不见，读唇术倒是练得炉火纯青，一大早就全都告诉我了。他是从送奶工那里听说的，送奶工又是从谁那里得到的消息？我忘了。而且，我——哎，说起来我也算认识切斯尼。"菲尔博士有些不安，挠了挠油亮的鼻翼，"大约六个月前，我在一次宴会上见过切斯尼一家。后来他给我写了封信。"

博士又犹豫了一会儿。

"如果你认识他的家人，就简单多了，"艾略特缓缓说道，"我这次来不光为了案子，还有私人原因。我也不知道自己到底是怎么回事，到底该怎么办，但问题就摆在那里。你认得切斯尼的外甥女玛乔丽·威尔斯吗？"

"认得。"菲尔博士犀利的小眼睛盯着他。

艾略特站起身。

"我爱上她了。"他喊道。

他也知道，这可真是出了大洋相，傻站着大喊大叫，简直像朝博士劈头盖脸扔过去一个盘子。他的耳根唰的一下热辣辣的。如果菲尔博士这时候偷笑起来，如果菲尔博士叫他小声点，他很可能为了维护自己那点苏格兰人的尊严，大踏步走出房间。他无法容忍，那就是他的感受。但菲尔博士只是点了点头而已。

"完全可以理解，"他沉声说，居然出人意料地表示理解，"所以呢？"

"之前我只见过她两次，"艾略特决定豁出去，"一次在庞贝，一次在——暂时先不提那个。我刚才说过，我也不知道自己怎么了。我并没有因为感情而美化她。昨晚我再次见到她的时候，我几乎不记得前两次她看上去是什么样子。我知道她很可能是下毒的凶手，是个口蜜腹剑的叛徒。但当初在庞贝，当我走近那群人时——说来话长，反正我当时在场——她站在花园里，摘了帽子，阳光照着她的手臂；我只是站着，望着她，然后转身走开。是因为她的一举一动，她说话的姿态，她扭头的样子：似乎有些什么，又似乎什么都没有。我也不懂。

"我没那么厚脸皮去尾随他们，伺机搭讪，虽然哈丁那家伙肯定就是这么干的。我不知道为什么没逼着自己去走那一步。并不仅仅是因为我听见他们在讨论她和哈丁的婚事。行了，我根本没想到那一层。如果我考虑到哈丁的因素，就只能自认倒霉，放手吧。我只知道：第一，我爱上她了；第二，我必须把这个念头赶出我的大脑，因为那都是痴心妄想。你应该不能理解。"

房间里一片寂静，只有菲尔博士粗重的呼吸声。窗外雨声潺潺。

"如果你以为我无法理解，那未免太看不起我了，"博士严厉地说，"请继续。"

"唔，先生，就这些。我没能忘掉她。"

"应该不止这些吧？"

"好吧，你是想知道我第二次见到她的情况。真是命中注定。我就料到会有那一天。一见倾心，试图逃避，却每次一转身都能相遇。我第二次见到她是在五天前，在皇家阿尔伯特码头附近的一家小药店里。

"当初在庞贝，我听切斯尼先生提到他们返程搭乘的船名，以及启程日期。第二天我走陆路离开意大利，比他们早一星期回国。上周四,二十九日,我恰好到皇家阿尔伯特码头附近查案,"艾略特稍一停顿,"我甚至不敢对你说实话?"他苦涩地自问,"没错,那天我故意找了个借口去那里,但剩下的事纯属巧合——你也可以自行判断。

"那位药剂师的毒物登记簿有点问题。他售出的毒药超乎寻常的多,所以我才去调查。我进店要求他出示毒物登记簿,他马上就拿给我,并安排我坐到店铺后面的一间小药房里,和柜台隔着一大排药瓶。我正在检查登记簿时,有顾客进来了。我看不到顾客,她也看不到我,她以为店里除了药剂师没有别人。但我太熟悉她的声音了。她是玛乔丽·威尔斯,想买'用于摄影的'氰酸钾。"

艾略特又停住了。

他眼前已不是波纳什酒店的一间客房,而是昏暗午后的一家昏暗药店;他呼吸着在此案中缭绕不休的化学药品气息。地板上洒落着杂酚油,矮胖的玻璃罐顶部微微泛光;药店另一头的暗处有面肮脏的镜子,他在镜中看见了玛乔丽·威尔斯的影像:她双眼朝上方望去,靠在柜台边,说要买"用于摄影的"氰酸钾。

"可能因为我在店里,"艾略特继续说道,"药剂师开始盘问她为什么要买氰酸钾,要用来做什么。从她的回答不难听出,她对摄影的了解就跟我对梵文的了解一样少得可怜。药店另一头有面镜子,正当她不知所措时,恰好朝镜子瞥了一眼,她肯定看见我了,但应该没有看清楚,这点我不太有把握。突然,她骂了药剂师——哎,不提也罢——然后跑出药店。"

"妙极了,不是吗?"他自暴自弃地说。

菲尔博士不予置评。

"我觉得那个药剂师可疑，"艾略特缓缓地说，"虽然我没查出什么。但最重要的是，哈德利警司把索布里克洛斯毒杀案交给我——我。而关于此案的每一个细节，我早已在报纸上翻来覆去读了个遍，真棒。"

"你没有拒绝？"

"没有。我能拒绝吗？要拒绝的话，至少也该把我所了解的情况向警司汇报吧？"

"嗯哼。"

"是的。你认为我应该滚出这个案子，你是对的。"

"老天，我可没这么想，"菲尔博士睁大眼睛，"你会被你那混乱的良心折磨致死吧。别说丧气话，继续。"

"昨晚开车过来的路上，我考虑了所有的解决办法。其中有些实在太过疯狂，今早我回想起来还深感不安。我竟然想过毁掉对她不利的一切证据。我甚至还想过带她远走高飞，逃去南太平洋。"

他停住了，但菲尔博士只是同情地点点头，似乎完全理解他的想法自有其缘由，这让艾略特如释重负，于是他接着说道：

"我希望警察局长——也就是克罗少校——没有察觉。但我的举止肯定从一开始就很古怪，而且一次次露出马脚。最糟的是那女孩几乎认出我的时候。她没有真正认出我，换句话说，她没把我和她从药店镜子里看到的那个人联系起来。但她知道之前见过我，而且一直在努力回想。

"至于其他方面，我尽可能地不带偏见进入此案——又一次妥协，是吧？——就像处理普通的案件那样进行侦查。也不知道我究竟能不能做到，可你看，今天我来到这里。"

菲尔博士沉思着。"告诉我，先不管巧克力商店的毒杀，昨晚你是否发现任何线索，会让你相信她可能就是杀害马库斯·切斯尼的凶手？"

"没有！恰恰相反。她的不在场证明非常有力。"

"那我们还有什么可讨论的？你开开心心接着查不就好了？"

"我不知道，先生，真的。只是，这案子太离奇，太有趣，太难以捉摸，从一开始就布满陷阱。"

菲尔博士往后靠去，吸了几口雪茄，神情格外专注。他散漫地晃了晃肩膀，又连吸了几口雪茄，似乎有一肚子话要说。就连他眼镜上的丝带都躁动着。

"我们来检视一下你的感情问题，"他说，"不，不要逃避，也许你是一时糊涂，也许是动了真感情，但无论如何，我都要问你一个问题。假设这女孩是凶手。且慢！我是说：假设，这女孩是凶手。因为这几起案件并非轻而易举就能攻克，即便是我，也必须仔仔细细研究一番才能破案。这不是激情杀人，而是经过精心设计的变态罪行，凶手就像一条眼镜王蛇，在那座房子里来去自如。很好。假设这女孩是凶手——你真的想知道吗？"

"我说不准。"

"但你认为，如果查到最后是这个结果，也可以接受？"

"应该是吧。"

"好的，"菲尔博士又吸了几口烟，"现在换个角度来看，假设这女孩完全无辜。不不，请不要摆出那种令人窒息的如释重负的表情，把你的浪漫情怀收一收。假设这女孩完全无辜，你打算怎么做？"

"我没听明白，先生。"

"你不是说已经爱上她了吗？"

艾略特恍然大悟。

"噢，饶了我吧，"他说，"我不会幻想自己还有机会。你真该看看她望着哈丁的时候是什么表情。我亲眼见过。告诉你，先生，对我而言昨晚最最困难的一件事，就是公平对待哈丁。我对那家伙并没有成见，他看上去很有分寸。我只能说，每次和哈丁对话的时候，不知为何，我就浑身不自在，忍不住要挑他的毛病。"

他又开始耳鸣。

"昨晚我在这方面也有种种幻想。我想象自己大张旗鼓地以谋杀罪逮捕哈丁——是的，给他戴上手铐——而她望着我，各种各样的溢美之词充斥着我这傻小子的脑袋。但感情的结不可能那么简单地打开。任何人都不可能。哈丁只是干扰了我的注意力。同一个房间里还有另外两个人盯着,他怎么可能去杀人？何况真正的凶手就在另一个房间里，大家都看见了。哈丁追求玛乔丽多半是为了钱（我的个人想法），但人性如此，不足为怪。在意大利遇见切斯尼一家之前，哈丁从未听说过索布里克洛斯。所以忘掉哈丁吧，更重要的是，也忘掉我。"

"你不仅要收一收良心，还得改一改过于自谦的毛病，"菲尔博士责备道，"谦虚是一种美德，但没有哪个女人能忍受这种美德。先不说这些。然后呢？"

"什么然后？"

"你现在感觉如何？"

艾略特突然发觉自己好多了，他想喝杯咖啡，想抽根烟，瞬间又找回原本的智商，神清气爽。不知为何，整个房间的颜色好像都不一样了。

"哼哼，"菲尔博士挠着鼻翼，"现在我们该做什么？你忘了，我只知道案情的大概，你刚才头脑发热，根本没透露多少细节。现在你打算怎么办？是回去向哈德利交差，还是和我一起梳理案情，讨论讨论？由你安排。"

"查案！"艾略特大吼，"没错，我们一起查。"

"很好，那你坐下，"菲尔博士正色道，"把案发经过详细告诉我。"

艾略特将自怨自艾抛到脑后，花了半小时，冷静、清晰地将所有案情细节叙述了一遍。最后说到浴室药柜里的那一小瓶氰酸。

"就是这样。我们凌晨三点才离开切斯尼家。所有人都否认与氰酸有关，都发誓不知道浴室里有那东西；还说昨晚他们换衣服准备吃晚餐时，那个瓶子并不在那里。我还去探望了威尔伯·埃密特，但他的状况还不适宜接受询问。"

他清楚地记得那间卧室，很整洁，但和埃密特本人一样乏味。他记得那具在被子下扭曲着的瘦长躯体，刺眼的电灯光线，以及被整整齐齐地摆在梳妆台上的发胶和领带。工作桌上有一叠信件和账单。桌旁有个小箱子，埃密特在里面放了注射器、小剪刀，还有一些在艾略特看来像是外科手术用具的东西。连墙纸那红黄相间的图案都让人联想到桃子。

"埃密特说了很多，但连一个完整的词都听不清；不过他有时会喊'玛乔丽'，他们只能尽量安抚他。就是这样，先生。我已经知无不言、言无不尽了。不知你是否看出其中有什么奥妙，能否解开这个谜团。"

菲尔博士缓慢而用力地点了点头。

"我想我可以。"他说。

第 11 章

纯属多余的问题

"但在此之前，"菲尔博士颇具攻击性地用雪茄比画着，"我得先搞清楚一个问题，在这一点上，要么是刚才我听错了，要么就是有人犯了个愚蠢的错误。表演接近尾声时，切斯尼打开双扇门，宣布表演结束，对吧？"

"是的，先生。"

"然后英格拉姆教授对他说，'对了，你那个长得很可怕的搭档是谁？'切斯尼回答，'噢，是威尔伯，他帮我策划了整个过程。'对吗？"

"是这样没错。"

"关于这一点，除了威尔斯小姐，还有其他人的证词吗？"博士追问，"别人也听到了吗？"

"是的，先生，"艾略特困惑地答道，"这些问题我在离开之前都找他们确认过了。"

菲尔博士脸色微微一变，张着嘴，雪茄停在半空，睁大眼睛瞪着艾略特。他那低沉而震耳的声音就像地铁隧道里呼啸的风："神明在上！上帝啊！我的天！这不可能。"

"可这有什么问题吗？"

"把切斯尼那十个问题的单子拿出来，"菲尔博士激动地催促道，"好好看看，研究研究，你会大吃一惊。你没看出什么不对劲？"

菲尔博士的急切令艾略特颇为惶恐，他的视线从博士脸上移到问题表上。"没有，先生，我真没发现。可能我的头脑不太灵光——"

"确实不灵，"博士一点也不留情面，"你仔细看看！专心点！你难道没发现，切斯尼问了一个纯属多余，甚至十分荒谬的问题？"

"哪一个？"

"第四个问题：从落地窗进来的人，身高是多少？见鬼！他精心设计了一系列问题来向观众提问，这是其中之一。这些狡猾的问题本来就是要给他们设下陷阱的。然而，早在开始提问之前，他却平静地向他们透露了这个人的真实身份。懂了吗？你提到威尔斯小姐说过，他们都知道威尔伯·埃密特的身高。他们和他住在一起，天天碰面，所以他们既然事先得知神秘人是谁，就绝不可能答错第四个问题。那么，为什么切斯尼要在提问之前，就把答案拱手送到他们眼皮底下呢？"

艾略特不安地低低咒骂一声，然后开始思考。

"我想想，这里面会不会藏着陷阱？"他分析道，"假设给埃密特的指令是——英格拉姆教授认为——在雨衣里弓起身子，使自己看上去比真实身高矮三英寸左右？也就是说，切斯尼先生给他们设下一个这样的圈套。他特意告诉他们那人是埃密特，期望他们上当，直接按照平时的印象给出'六英尺'的答案。

然而在雨衣里弓着身的人，高度只有五英尺九英寸。"

"有可能，"菲尔博士眉头深锁，"我敢拍胸脯保证，那场短暂的表演中所隐藏的陷阱，很可能比你表面上已掌握的还要多。但要让埃密特弓着身体——警督，我不太相信。按你的描述，那雨衣很长，而且比较贴身，一个人想在里面藏起三英寸的身高，只能弯曲膝盖，拖着碎步挪过舞台。不管是谁来做这动作，膝关节一定会在雨衣下凸出来，这么古怪的姿势，观众一眼就能看穿他在干什么。而事实恰恰相反，他们三人似乎不觉得那家伙的姿态有什么特别之处。虽然我承认一切皆有可能，但是——"

"你是指，其实那家伙的身高本来就是五英尺九英寸？"

"噢，"菲尔博士冷冷地说，"也不能排除他确实身高六英尺这种匪夷所思的可能性。毕竟有两个证人这么说。每次英格拉姆教授与他们意见相左时，你都自动地采信教授的证词。或许你是对的，但我们万不可犯这种错误——嗯——万不可将英格拉姆教授奉为圣人、先知，无条件地视他的证词为《圣经》。"

艾略特又陷入沉思。

"又或者，"他提出，"切斯尼先生当时比较紧张、慌乱，下意识地喊出埃密特的名字。"

"不会，"菲尔博士说，"他当即就叫埃密特进来，结果埃密特没出现，他还有点生气。嗯哼，不会。我很难相信你的推测，警督。魔术师不会轻易露出破绽，也不会手忙脚乱地把观众的注意力引向他最最关键的道具。在我印象中，切斯尼不是那种人。"

"我也觉得不会，"艾略特承认，"但还有其他解释吗？只能再添一个未解之谜。你有没有看出任何有助于破案的线索？"

"多得很。关于给特里太太店里的巧克力下毒的方法，切斯尼的思路现在不是很清楚了吗？"

"不，我还是两眼一抹黑！到底怎么下毒？"

菲尔博士在椅子里动了动。他一脸心事重重的模样，轻轻打了几个手势，含义不明地哼唧几声。

"听我说，"他的语气略显不快，"我可不愿意像个先知似的坐在这里居高临下地对你指手画脚。我一向反感那种小人做派，打死我也不干那种事。但我仍要强调，感情问题会降低你的智商。

"我们来考虑特里太太店里的毒巧克力之谜。案子详情如何？哪些是确凿无疑的事实？首先，巧克力是在六月十七日的某个时间被下毒的。其次，那天下毒的人，要么是光顾店里的某位客人，要么就是威尔斯小姐利用弗兰奇·戴尔进行调包。因为十六日晚上特里太太还抓了一把巧克力给孩子们聚会时吃，所以可以确证直至当时巧克力还是无毒的。这段推理是否正确？"

"是的。"

"根本不是，"菲尔博士斥道，"垃圾！"

"我认为巧克力未必是在六月十七日才被下毒，"他暴躁却又认真地说，"下毒的也未必是那天到过店里的人。

"凶手怎样往柜台上的敞口盒子里投毒？克罗少校想出了（如果我没理解错你的意思）一个很轻松的办法。凶手的手里或衣袋里藏着一些毒巧克力，他引开特里太太的注意力，将有毒的糖果混进柜台上的盒子里。好，好，好！轻而易举。这种方法是可行的。但转念一想，对这个无比狡诈的凶手而言，这方法是不是太愚蠢了？后果是什么？一下子就把下毒的时间锁定到具体日期，嫌疑犯也被限定在当天去过店里的人当中。

"若你不介意的话，我来推荐一种更高明的手段。

"照着柜台上敞开的巧克力盒准备一个一模一样的复制品。别（像个蠢货似的）给复制盒子上层的巧克力下毒，而应该把六到十颗毒巧克力放在盒子的下层。到特里太太店里调包盒子。当天不会有人买到毒巧克力，除非奶油夹心巧克力卖得太好。正相反，孩子们一般都没那么喜欢奶油夹心巧克力，他们更青睐甘草糖和圆形硬糖，因为同样的钱可以多买一些。所以，毒巧克力很可能在店里滞留一天、两天、三天、四天，甚至一星期，才被人买走。也就是说，案发当天真正的凶手极可能根本没去过店里。我敢跟你打赌，无论那些巧克力被下毒的真实日期是哪一天，都必定远早于发生命案的六月十七日。"

这次轮到艾略特大声骂街了。他走到窗前，望着窗外的雨幕，又转过身。

"是的，不过——你总不可能藏着敞口的一大盒巧克力招摇过市吧？又该怎样和另一盒调包？"

"不难，"菲尔博士说，"用弹簧夹袋就可以。抱歉，老弟，依我看凶手用的就是弹簧夹袋。那种袋子（如果我说错了，请纠正）的皮把手上有控制按钮，按下按钮，就可以夹起袋子底下的东西。当然，反过来用也行，事先在袋子里藏好东西，按下按钮，打开弹簧夹，就能把袋里的东西放到任何你想放的地方去。"

这时菲尔博士催眠般地摇摇手，吸吸鼻子，显得闷闷不乐，最后才严肃地说：

"没错，老弟，恐怕这就是凶手的高招，否则就无法解释为什么这个案子会跟弹簧夹袋纠缠不清。如你所说，凶手必须用某种工具来存放敞口盒子，否则无法顺利完成调包。于是他选择了小偷常用的宝贝。

"他把一盒毒巧克力藏在袋子底部，走进特里太太的店铺。引开特里太太的注意力后，他将那盒子释放到柜台上，然后将原来的盒子夹入袋中，再将装毒巧克力的盒子推到正确位置。他只须指名要香烟柜台里的某几种烟，便可在特里太太转身的短短时间里一气呵成完成以上动作。马库斯·切斯尼看穿了这一手法。为了演示盒子如何被调包，他从伦敦买来一个类似的弹簧夹袋。昨晚，切斯尼再现了凶手的诡计——而且并未被观众察觉。"

随后是沉默。艾略特深吸一口气。

"谢谢。"他郑重地说。

"呃？"

"谢谢你，"艾略特笑着重复，"先生，你将我的智商挽救回正常水平，又或是狠狠踹了它一脚，如果你明白我的意思的话。"

"谢了，警督。"菲尔博士略显自得。

"但你发现了没，尽管如此，这种解释反而让我们更加走投无路？我相信你的推理，你所设想的手法与一切都那么吻合。但我们原本已经奠定的案情基础却因此被动摇了。现在我们连巧克力何时被下毒都不知道，除了一点：下毒的时间极有可能不是警方四个月来全力调查的那个日期。"

"打乱了你们的部署，抱歉，"菲尔博士不好意思地使劲擦拭额头，"但是——见鬼！如果你拥有和我一样出奇的思路，那就跟猫跳进鱼罐头一样，肯定要搅个天翻地覆。而且你说得也不对，现在的情况并没有恶化，正相反，真相就在眼前。"

"怎么说？"

"告诉我，警督，你是在村里长大的吗？或者说在一个小地方？"

"不，不是，在格拉斯哥。"

"啊。但我的老家在一个小村庄，"菲尔博士心满意足地说，"我们来做个假设。凶手拎着一个看上去普普通通的小包走进店里。假设凶手是特里太太认识的人——这是必备前提。小地方的店主那种与生俱来的巨大好奇心，你应该没领教过吧？尤其是特里太太那种活跃人物。假设你拎着皮包走进去，她肯定会问，'要出门啊，艾略特先生？''是去韦斯顿吗，艾略特先生？'——即便她嘴上没问，心里也难免会有这样的想法，因为你拎着皮包的样子并不常见，你平时一般不带包。这段记忆会留在她心里。如果巧克力毒杀案之前的那个星期，有人拎着小提包去过她店里，她很可能会有点印象。"

艾略特点点头。但他感到又该开动脑筋、大胆分析了，因为菲尔博士正极其专注地审视着他。

"或者——"博士催促道。

"我懂了，"艾略特凝视被雨水冲刷着的窗户，喃喃道，"或者，凶手经常携带那种东西，由于那场景太常见，特里太太根本没放在心上。"

"这种推测非常合理。"菲尔博士吸吸鼻子。

"你指的是乔·切斯尼医生？"

"也许吧。还有其他人经常带着提包或提箱之类东西吗？"

"只有威尔伯·埃密特，是他们告诉我的。他有一个棕黄色的小手提箱。之前说过，我在他房间里看到了那个箱子。"

菲尔博士摇摇头。

"只有威尔伯·埃密特，"他说，"听听，'只有'威尔伯·埃密特。老天在上！如果魔术用品商店能把一个皮包改造成弹簧夹袋，为什么不能对一个手提箱同样动动手脚呢？显而易见，一旦克罗少校和波斯维克警司摆脱目前的思维定式，他们自然会将嫌疑锁定在埃密特身上。从你之前介绍的情况来看，我怀疑英格拉姆教授早已盯上埃密特，等我们一到贝勒加大宅，他就会奉上刚才这套理论。我们务必万分小心，避免踏入陷阱。因此，基于目前所掌握的证据，我向你保证，唯一可能的凶手就是威尔伯·埃密特。愿意听听我的理由吗？"

第 12 章

旧景重现

艾略特觉得，如果头天晚上喝了太多威士忌，第二天一早千万别和菲尔博士讨论问题，因为他的思维速度太快，就像一个转瞬间闪过墙角、翻进窗子里的身影，迅捷得令你的目光无力追及。你只感觉得到翅膀呼扇，一连串词语层叠而起，还没等你缓过神，一整座大厦已矗立眼前；他得出结论的过程，每一环逻辑当时听来都无懈可击，但事后你又难以记起。

"请接着说，先生！"艾略特催促道，"听说你以前也用这种推理解决了案件，而且——"

"不，听我说，"博士一本正经地说，"别忘了，早先我当过小学校长，每天每分每秒孩子们都会找我说些稀奇古怪的故事，但他们能说得流畅自如、头头是道，我在中央刑事法庭都听不到那种程度的花言巧语。所以我从一开始就比警察占有优势；我与满嘴谎话的家伙打交道的经验比他们丰富得多。在我看来，你过于轻易地接受了'埃密特是无辜的'这一结论。

"当然，你是在还没来得及考虑这一点之前，就受了威尔斯小姐的影响。别生气，这种影响是在不经意间形成的。但究竟发生了什么事呢？你说'家里每个人都有不在场证明'——这不准确。麻烦你解释一下，埃密特怎么会有不在场证明？"

"嗯……"艾略特语塞。

"事实上，根本没人见过埃密特。你发现他昏倒在树下，旁边有根火钳，某人马上说，'他应该已经昏迷一段时间了。'但你是否掌握了（或者是否有可能掌握）任何医学上的证据来证明他究竟在那里躺了多久？这不像尸检报告，可以推定死亡时间。他可能只倒下几秒钟，也可能两三分钟。检察官多半会说这是故弄玄虚。"

艾略特沉吟道："唔，先生，其实我并非没考虑过这一层。按这种思路，戴礼帽的人就是埃密特。他扮演自己的角色，但最后加戏，给切斯尼先生喂了一颗毒胶囊。然后他自己给自己头上来了一下——以自残来自证清白也不算新鲜事——从而表明他不可能是'虚无医生'。"

"正是如此。还有呢？"

"他比别人更容易采用这种手法，"艾略特承认，"不用变戏法，也不必穿脱戏服，只须按既定的时间演好自己的角色就行。他了解所有细节，他是唯一一个对全部细节了如指掌的人。他——"艾略特想得越多，就越是不得不相信埃密特才是凶手，"问题在于，先生，到目前为止我还几乎不了解埃密特。我从没和他说过话。埃密特是谁？他干什么工作？始终没有任何人怀疑过埃密特。杀害切斯尼先生对他而言有什么好处？"

"那他用番木鳖碱毒害一群孩子，又有什么好处？"菲尔博士问道。

"所以到头来，凶手还是个疯子吗？"

"我不知道。但你可能得多费心研究研究动机。至于埃密特——"菲尔博士绷着脸，摁灭雪茄，"我记得和切斯尼碰面的那场宴会上，他也在。高个子，黑头发，红鼻头，声音和姿态活像哈姆雷特父亲的鬼魂。他四处闲逛，嘴里念念有词，还不慎洒了一杯冰水在膝盖上。一言以蔽之，'可怜的老威尔伯'。说到他的外形——那些道具是什么情况？礼帽、雨衣什么的，是不是只有埃密特才能穿的尺寸？"

艾略特取出笔记本。

"礼帽是七号的，是马库斯·切斯尼以前戴过的东西。雨衣是埃密特的，普通的男士大码。雨衣的尺寸分级不像西装那么细致。我还在雨衣右边口袋里发现一副卷好的橡胶手套，六便士的便宜货——"

"还有呢？"菲尔博士问道。

"以下是嫌疑人的各类数据，是波斯维克整理出来的：埃密特身高六英尺，体重十一点八英石[1]，戴七号帽子。乔·切斯尼医生身高五英尺又十一点五英寸，体重十三英石，戴七号帽子。乔治·哈丁身高五英尺九英寸，体重十一英石，戴六又八分之七号帽子。英格拉姆教授身高五英尺八英寸，体重十二点二英石，戴七又四分之一号帽子。玛乔丽·威尔斯身高五英尺二英寸，

---

1. 英制重量单位，1 英石折合 14 磅，约为 6.35 千克。

体重七点八英石——恕我直言，她不可能是凶手，"艾略特平静而颇有信心地说，"除她之外，其他人戴那顶帽子都不会显得不自然；关键是，除了埃密特，其他人都有无懈可击的不在场证明。现在还不能把话说死，但就目前情况而言，凶手似乎只能是埃密特。但我不明白他的动机究竟是什么？"

菲尔博士好奇地望着他。直到事后很久很久，艾略特都忘不了那眼神。

"毫无疑问，心理学家朋友会将他形容为'饱受权力欲蹂躏的人'。"菲尔博士说，"这种症状在毒杀犯中相当常见，吉加多、兹万齐格、范德莱登、克里姆[1]，等等，一口气说不完。我还听说埃密特对威尔斯小姐痴心一片（这得重点强调）。噢，我保证，在黑暗中，一切都有可能发生。但也有可能——"他严厉地盯着艾略特——"埃密特还扮演另一个角色：替罪羊。"

"替罪羊？"

"是的。关于弹簧夹袋和糖果店里的凶手，还有另一种解释，你想到了吗？"菲尔博士沉吟道，"警督，很多人提到1871年的克里斯蒂安娜·埃德蒙兹一案，这很奇怪。而且我还觉得，糖果店的案子另有深意。"

怀疑如离弦之箭，瞬间射中艾略特的心头。

"先生，你是指——"

"呃？"菲尔博士如梦初醒，看上去像被他自己的深思吓到了，"不，不，不！老天，不！或许我没说清楚，"他慌张地连

1.均为历史上真实案例中的毒杀犯。

连挥手，似乎急于岔开话题，"唔，我们先按你的思路查下去。接下来要做什么？下一步计划是？"

"如果你愿意，我们一起去看那部影片，"艾略特说，"克罗少校说，索布里克洛斯有位药剂师是业余摄影爱好者，可以冲洗影片。今天凌晨三点十五分，克罗少校敲门叫醒他，要他答应今天中午前把片子洗出来。那位药剂师的店里有一部放映机，克罗少校说这个人很可靠。我们约好中午一点钟去那里看影片。老天！"艾略特挥着拳头，疾呼道，"这就有可能解决我们的问题了。案发经过可以看得一清二楚，黑白分明的影片不会说谎！我们想知道的一切都能看出来！不瞒你说，我简直不敢相信会这么顺利。万一影片出了什么毛病呢？万一片子洗不出来？万一——"

此时他还不知道，接下来一小时内，他将遭遇一生中最大的冲击。菲尔博士换好衣服，天色放晴，他们开车前往相距不远的索布里克洛斯，把车停在霍巴特·斯蒂文森先生药店外灰色的大街上；在这整个过程中，艾略特做了各种角度的心理准备，却唯独没料到那个结果。菲尔博士披着工字褶斗篷，头戴宽边帽，活像个大块头恶棍，在后座上声如雷鸣地安慰他。艾略特主要担心那位药剂师冲洗片子时会搞砸，当他们到达目的地时，他几乎相信那已成为现实。

大街上气氛萧条，霍巴特·斯蒂文森先生的药店位于街道中段，具有明显的摄影爱好者风格。装胶卷的小黄盒子在橱窗里堆成一座金字塔；咳嗽糖浆中探出一部摄影机，后面是一张海报，展示着各种莫名地令人着迷的放大照片。从这些照片里，可以看到整条大街，特里太太糖果店的大橱窗，车库，加油站，一长排食品店，几家小酒馆，路中间纪念女王登基的自动饮水机。虽然街上偶有几辆汽车孤独地驶过，虽然周围商店橱窗里的各种图案一动不动地凝望着外头，这家店看上去还是显得毫无人气。艾略特感觉从这里到"蓝狮"旅馆，似乎有人监视着自己。

两人走进药店，店门上方的铃铛突然"叮"地响了一声。霍巴特·斯蒂文森的店铺很暗，充满淡淡的药品气味，立即令艾略特联想到另一个地方。墙上的玻璃框里镶着毕业证书，柜台旁摆着称量机的砝码，这家药店像个干净的小盒子，像个被各种瓶子四面包围的小瓶子。霍巴特·斯蒂文森——胖胖的、嘬着嘴、穿着干净白大褂的年轻人——从柜台后挪出来迎接他们。

"是艾略特警督吗？"他显然深知这次会面的重要性，视线移向门口，考虑是否要关上门，免得有顾客进来。他的每根头发丝似乎都在微微颤动。艾略特打量了他一番，认为此人可以信任。

"这位是基甸·菲尔博士，"艾略特说，"不好意思，昨晚把你吵醒了。"

"没关系，没关系，不要紧。"斯蒂文森显然一点也不介意。

"怎么样？片子洗好了吗？"

"都备妥了。"

"可是——没问题吗？我是指，洗出来的效果如何？"

"还不错，很不错。"斯蒂文森略一思索，兴奋地答道。这话出自一名业余摄影爱好者之口，已足以令人放心。他像是安慰自己似的搓着手，"有一点曝光不足，一点点而已，"他的头歪向一边，又想了想，"但还不错，还挺不错的，嗯。"随即他便难抑激动之情，"希望你别怪罪，警督，为了确认片子没问题，我已经在自己的放映机上试播了一遍。等少校一来，我就为你们播放。容我多句嘴，你们肯定能从里面有所收获。破案线索，行话是这么说没错吧。"

艾略特后脑勺上的头发都按捺不住了，但他依然故作不经意地问道：

"哦？有什么特殊情况吗？"

"线索，"斯蒂文森重复道，满脸敬畏地东张西望，"例如，切斯尼先生第二次从桌上拿起、用来假装写字的东西——"

"怎样？"

"刚才我说了，希望你千万别怪罪。我不得不仔细检查，还拿放大镜凑到银幕前细看，才最终确认。答案太简单了，简单得我都笑出声，现在想起来还憋不住。"

"是吗？究竟是什么？"

"你绝对猜不到，"但斯蒂文森没笑，"那是——"

"嘘！"菲尔博士吼道。

这雷鸣般的喝止，与门口的铃声交织在一起。门开了，走进来的是吉尔伯特·英格拉姆教授。

英格拉姆教授并未露出惊讶之色，相反，却显得极为满意。他戴着帽子，身穿与他壮实身材不太贴合的深色斜纹软呢西装。但比起他那毫不闪躲的目光、彬彬有礼的姿态，艾略特更在意他所带来的那种氛围。当他站在敞开的店门口时，仿佛整个索布里克洛斯的注意力都聚焦到这家药店里，如一阵风奔涌而入。外面的天色变暗了，大雨将至。

英格拉姆教授关上门。

"早上好，警督，"他招呼道，"这位想必就是菲尔博士？"（菲尔博士声若洪钟地热情回应。）"久仰大名，但我不太确定我们是不是六个月前在一次宴会上打过照面。总之，我听切斯尼提起过你。就在几天前，他是不是给你写过一封信？"

"是的。"

"果然。"英格拉姆教授没有多废话。他转向艾略特："警督，如果我今早睡过头，应该不会有人责怪吧。我刚从我的小屋火速赶过来，"他夸张地喘着气，以表示他快喘不过气了，"其实我昨晚不小心听到你们打算——呃——在斯蒂文森这里看一部影片——（早啊，斯蒂文森！）如果我也想一起看，应该没人反对吧？"

气氛顿时有些微妙。艾略特一愣。

"抱歉，先生，这恐怕不太可能。"

教授热忱的神情变成了一个问号。"警督，这怎么——"

"对不起，先生，我们自己都还没看过呢。将来合适的时候，你总有机会看的。"

一阵沉默。

"警督，难道你不觉得这有点不公平？"英格拉姆教授的声音有了些许变化，"毕竟，我是你的专家证人，我尽我所能协助你，而且做得不错，这一点你总该承认；我自然急于了解我的观点是否正确。"

"很抱歉，先生。"

艾略特回到柜台旁。他碰到了称量机，砝码嘎嘎作响。他朝左边一瞥，望见墙上一面脏兮兮的镜子里自己的镜像；又是镜子，这种巧合差点令他按捺不住，但他突然意识到，绝大多数药店里都会安放这样一面镜子，这样药剂师即便人在后头的诊疗室，也能看到是否有顾客登门。话说回来，此时他的注意力主要放在英格拉姆教授身上——教授从帽子底下审视着他们，笑了。

"好吧，无所谓，"教授恢复了轻松活跃的状态，"我会控制住好奇心，虽然我的虚荣心已经被你深深伤害了。"他思索片刻，"对，就是虚荣心。不过，方便的话，我真的要买点东西，买完就走。斯蒂文森先生！来一小包普通的刮胡刀片，一盒喉糖，要小盒的，对，就是那边那种。噢，麻烦你再给我——"

他一边沿着柜台挪动，一边更加严肃地说："我得赶去贝勒加大宅。验尸结束后要安排葬礼，而且我听说维克斯律师今天下午或晚上会从巴斯过来宣读遗嘱。而且，也不知威尔伯·埃密特清醒了没。"

"我说……"菲尔博士开口。

他出其不意的插话让众人都吓了一跳，就像在大街上被人突然伸手拦下来说话似的。

"你已经有想法了吗？"他带着恶魔般的趣味问道。

"啊！"英格拉姆教授本来正弯腰指着下层柜台的什么东西，此时便直起身，"先生，即便我有，此时此地也不合适说出来，不是吗？"

"不过——"

"好一个'不过'！哎，先生，你是个聪明人，我觉得你靠得住。"（忽然间，艾略特简直成了香皂广告牌上真人大小的年轻女模特，完全被晾在一旁。）"我昨晚就跟警督说过，我劝了他们好几次，这个案子的侦查方向不对，重要的因素都没被他们纳入考虑范围。我指的当然是作案动机。"专注让他的脸变红了，"现在没必要讨论这些，但我必须提一句：就犯罪心理学层面而言，最最有力的谋杀动机就是所谓'对权力的渴望'，你听说过吧？"

"老天在上。"菲尔博士说。

"不好意思，你说什么？"

"不，不好意思的应该是我，"菲尔博士认真又内疚地表示，

"没想到这个词这么快又砸到我头上了。"

"你不同意？那告诉我：你是否认为，特里太太店里的毒杀案，与昨晚的毒杀案，是不同的凶手所为？"

菲尔博士皱起眉头："不，正相反，我几乎可以肯定，凶手是同一个人。"

"很好。那除了我刚才说的动机之外，还有什么动机能把两个案子联系起来？"

收银机的尖声响起，英格拉姆教授接过他买的一包东西，稍稍侧身看了看，仿佛从中获得了新灵感。"我只能再次强调：两起案件的动机是一致的。凶手杀害可怜的弗兰奇·戴尔，险些杀害安德森家的孩子，并不能从中得到什么好处。同样，他杀害马库斯·切斯尼也无利可图。我指的是物质利益。我们都很清楚，玛乔丽和乔·切斯尼将继承大笔遗产。但凶手——"他睁开眼睛——"什么都拿不到。唔，我不该站在这儿东拉西扯，干扰你办正事。早安，菲尔博士。早安，斯蒂文森先生。早安。"

他离开时没关紧店门。大街上有辆货车轰隆隆地驶过，玻璃微微颤动，湿冷的空气和湿冷的树叶气息飘进来，搅动了药品的气味。菲尔博士轻轻哼着小曲《我的金发女郎在近旁》。艾略特明白他的暗示，有些犹疑。

菲尔博士举起手杖指着店门。

"我真的不是胡乱猜忌，"他说，"但那位先生有不在场证明吗？"

"完美的不在场证明。这就是问题所在。这个案子里的不在场证明根本不是那种'借助火车或汽车从一个地方巧妙移动到另一个地方'的把戏可以达成的。这些人的不在场证明除了其中一人的，都有其他人亲眼所见、亲口确证身份；而剩下的那一人，为他作证的则是一座无法修改时间的钟。至于——"

艾略特突然反应过来，他正当着霍巴特·斯蒂文森这个局外人的面谈论案情，慌忙收住话头。他敢发誓，刚刚他说这番话时，斯蒂文森的脸上闪过稍纵即逝的欣喜之情。药剂师立即恢复了严肃的神色，努力保守重大机密。

于是艾略特厉声说："斯蒂文森先生，刚才你告诉我们——"

"不瞒你说，警督，你还是亲眼看看为好。如果你相信——"

"嘿！"菲尔博士又打岔。

博士四处晃荡，移到了柜台后方的诊疗室。斯蒂文森紧随其后，显然对这位体型庞大的客人颇感兴趣。菲尔博士兴致勃勃地左看右看。

"你这里的毒药库存有多少？"他的口吻就像在咨询污水排放情况。

"正常的库存量吧，先生。"

"有氰酸或者氰酸钾吗？"

斯蒂文森第一次露出紧张之色。他用双手往后顺了顺头发，清清喉咙，竭力摆出公事公办的样子。

"没有氰酸，没有。氰酸钾倒是有一两剂，但正如我今早告诉波斯维克先生的——"

"氰酸钾卖得好不好？"

"我已经十八个月没卖出过那东西了。呃——跟你说这些应该没关系吧？"他怀疑地看向艾略特，警督也已挤进了这狭窄、昏暗、被瓶瓶罐罐包围着的空间，"今早警司来问话时我说过，如果你们认为（这只是我的个人浅见）贝勒加大宅的人买了氰酸钾——无论向谁购买——想用在果树上，唔，我觉得不太可能。温室里的温度常年维持在华氏五十度到八十度之间，在里面喷洒氰酸钾相当于自杀。"

艾略特之前倒没考虑到这一层。

"需要的话，可以查看我的毒物登记簿。"斯蒂文森又补了一句。

"不，不用。不瞒你说，"菲尔博士说，"其实我对摄影更感兴趣。这里简直像个照相馆。"他眨着眼四处张望，"告诉我，你也卖摄影灯泡，对吧？"

"摄影灯泡？当然有。"

"那好，"菲尔博士追问，"假如我把那种灯泡连上插座，点亮，让它一直亮着，大概要多久才会灭掉？"

斯蒂文森眨了眨眼。

"可你这种用法不对，"他敏锐地指出，"只须让它亮一会儿就够——"

"是的，是的，我知道。但假设我是个怪人，偏要让摄影灯泡连上插座，保持点亮的状态，它能坚持多久？"

药剂师思索着。

"大概一个多小时。"

"确定吗？"

"是的，先生，我确定。这种东西非常耐用。"

"嗯哼。昨天早上，贝勒加大宅有人来找你买摄影灯泡吗？"

斯蒂文森略显焦躁："昨天早上？我想想。"（艾略特觉得他并非真有思考的必要。）"有的，是威尔斯小姐。她上午十点左右到店里来买了一个。不过，如果方便的话，希望你不要把这看作我的证词。我不想对贝勒加大宅的人说三道四。"

"威尔斯小姐经常来买摄影灯泡吗？"

"偶尔几次，不多。"

"买去给她自己用？"

"不不不，是帮切斯尼先生买的。他们有时需要在温室内拍照。给桃子拍照，你知道的，拍样品的照片，或者用来做广告之类。昨天是切斯尼先生让她来买摄影灯泡。"

菲尔博士朝艾略特眨眨眼："警督，你之前说过，昨晚那个摄影灯泡是她本人买的新灯泡。"他又转向斯蒂文森："威尔斯小姐应该不是摄影爱好者吧？"

"不不不，她从没为了摄影来这里买东西。"

不知是被记忆中的哪一个片段刺中，安德鲁·艾略特抬起头，犹如陷入轮回一般，他第二次发现玛乔丽·威尔斯在镜中看着他。

他们没留意门铃的响声。门依旧半开着，轻轻晃动，吱呀响着。他们也没听见脚步声。当艾略特抬起头，发觉自己深深望进不足五英尺处镜子中那女孩的脸庞时，他们耳边响起的，是药剂师透亮、柔和而清晰的声音。

镜中的人像仿佛来自于虚空。她双唇微启，头戴灰色软帽，戴着手套的一只手半举起，似是指向什么。艾略特径直望进她在镜中的双眼，他看到了恍然醒悟的神情，那张脸像是渐渐变成了一张全新的脸。

她都知道了。

玛乔丽·威尔斯像个孩子一样，把一根手指放进嘴里。

就在这时，门口传来玻璃碎裂的声音，碎片慢慢掉落，叮叮当当的响声划破了沉寂。街上有人朝她扔石头。

第 13 章

读心术?

艾略特纵身翻过柜台，冲向店门。这是他身为一名警察的本能，但同时也因为他不愿直视玛乔丽·威尔斯的眼睛。

他推开门，碎玻璃在他的脚下呻吟。猛然间，那块石头所承载的恶意令他怒火中烧，整个人几乎想要从破碎的窗框中直接撞出去。随后他才站定，开始观察街上的情形。

街上空荡荡的，视野范围内只有一个人——骑自行车送货的男孩，脚踩踏板，无辜地抬头望天——距离太远，扔石头的不会是他。这条安静的大街看上去一切如常。

冷静。

虽然气血直冲脑门，但风的凉意还是让他控制住了自己。不能轻举妄动，更不能意气用事，否则只会自己给自己挖坑，不仅落人笑柄，石头还会照扔不误的。该不该叫住那男孩问问？还是找街对面的菜贩打听？不，暂时按兵不动为好。拿不定主意的时候，不妨先等一等，让对方去揣测你的下一步，这才能收到最好的效果。但此刻，他第一次体会到了环绕在玛乔丽·威尔斯周围那股神秘而冷漠的恶意。大约二十秒钟的时间里，艾略特静静伫立着，来回扫视着眼前的街道。

然后他走回店里。

玛乔丽·威尔斯倚在柜台前，两手捂着眼睛。

"可这是为什么？"她哀声问道，"我——我什么都没做。"

"他们不能就这样砸烂我的窗户，"斯蒂文森脸色苍白，"我也什么都没做啊。他们不能就这样砸烂我的窗户。这不行。难道你不采取行动吗，警督？"

"我会的，"艾略特说，"可现在——"

斯蒂文森犹疑着，在若干个念头间徘徊不定。"呃——先坐下吧，威尔斯小姐？我给你搬张椅子？还是去后面的房间休息？或者到楼上？"他的谨慎消失了，"我没料到事情变得这么糟。我建议你今后还是尽量别出门——"

艾略特忍无可忍。

"哦，是吗？"他说，"我们到底在哪儿？英国？还是德国？我们是什么人？躲在避难所里的一群非雅利安人[1]？你想去什么地方，只管告诉我，如果有人敢用奇奇怪怪的眼光看你，我一定给他点颜色看看。"

她迅速转过头看着他，有些东西顿时了然于心，似乎已清晰地印在店里数不清的硬纸盒上。关键不在于他所说的话，而在于他所流露出的情感，如同身体所散发的热量那样触手可及。他又一次真切地感知到她的存在：她脸庞的每一处细节，从双眼的线条到鬓角处向后梳的头发。或许这就是所谓的心灵相通。

"别慌。"菲尔博士说。

博士的声音平静而中气十足，令众人镇定下来。他听上去

---

1. 纳粹德国认为雅利安人是最高贵的人种。

挺高兴。

"我看事情也没那么糟,"他说,"威尔斯小姐不坐一坐吗?坐吧!她想去什么地方?想去就去!有什么不可以?你是来买东西的吗,小姐?"

"我——?"她一直定定地凝视着艾略特,这才打起精神。

"比如肥皂、牙膏、浴盐——"

"噢。我——我来找警督。"她不再看他。"少校——克罗少校想请他去贝勒加大宅。马上就去。他们——从十一点开始就找不到他,也没人知道他在哪里。我们试着给斯蒂文森打电话,因为克罗少校说你——他——下午一点会来店里,但没人接电话。而且我觉得,自己开车驶过索布里克洛斯,相当于一次精神上的历练。我的车在外头,也不知轮胎是不是已经被他们割破了。"

"克罗少校?可为什么要去贝勒加大宅?他本该在一点钟来这里。"

"你们没听说吗?没人告诉你们?"

"告诉我们什么?"

"威尔伯死了。"玛乔丽说。

菲尔博士伸手将帽檐往双眼上方拉高了些。他的大手没有拿开,遮住了眼镜。

"很遗憾。"他沉声说,"死因是脑震荡?"

"不,"玛乔丽答道,"乔舅舅说半夜有人拿着装氰酸的注射器到威尔伯的房间,然后——然后在他手臂上打了一针,他在昏睡中死去。"

一阵沉默。

菲尔博士从诊疗室里挤出来，脚步沉重地走向门口，低头站了片刻，随后摸出一块红色的大手帕，使劲擤鼻子。

"恕我直言，"他说，"我曾见识过魔鬼的力量，但他们的行动从来没有这么精准迅速。是怎么发生的？"

"我不知道，没人知道。"玛乔丽明显正极力稳住情绪，"我们很晚才去睡，今早将近十一点才起床。舅舅——乔舅舅说没必要安排人守着威尔伯。今早帕梅拉去他房间，就——就发现他死了。"

她的手从裙边轻轻抬起，旋又落下。

"知道了。斯蒂文森先生！"

"博士？"

"你的电话坏了吗？"

"应该没坏，"斯蒂文森忧心忡忡答道，"我几乎整个早上都在这里，我不知道是怎么回事。"

"很好。"菲尔博士转向艾略特，"我有个建议：你务必打电话到贝勒加大宅，务必告诉克罗少校，不是你赶过去，而是请他务必立刻赶来这里——"

"等等！我不能这么做，先生，"艾略特表示反对，"克罗少校是警察局长，你知道。波斯维克——"

"你不能，我能。"菲尔博士和颜悦色地说，"我恰好和克罗很熟，之前在'宝剑八'那个案子里有过合作。其实，说出来有点不好意思，"他的红脸更醒目了，"早在特里太太糖果店下毒案刚发生时，克罗就请我介入调查，我拒绝了。我之所以拒绝，是因为当时我能想到的唯一解释既夸张又不着边际，我甚至都没继续往下考虑。但现在，老天，我开始发觉，那个想法一点都不算夸张。事实昭然若揭，那么明显，那么简单，那么确凿。正因如此，今早你刚介绍完昨天的事，我立即就能给出我的解读。"

他狂暴地晃着拳头。

"也正因为我的推辞——哎！——又断送了两条性命。请你留在这里，我要让克罗到这里来。我要看那部影片，现在我只想做这一件事。我要通过黑白分明的银幕，向你阐述我所认定的真相。所以我要去打电话，像海盗那样下命令。但在我打电话期间——"他的目光牢牢锁住艾略特，声若雷鸣，"建议你问问威尔斯小姐，之前在另一间药店里是怎么回事。"

玛乔丽僵住了。艾略特假装没看见，对斯蒂文森说："你是不是住在店铺楼上？能不能借个房间给我用几分钟？"

"可以，没问题。我本来也打算在那个房间放映影片。"

"谢谢，请带路好吗？威尔斯小姐，可不可以移步上楼？"

她没说话。斯蒂文森将他们带到楼上一间旧式风格、可以俯瞰街道的舒适房间。这里竟也有一道双扇门，通向的应该是卧室。门开着，但门上已经用图钉钉好了一块布帘，用作放映影片的银幕。厚重的窗帘拉了一半，壁炉里燃着明亮的火焰，桌上立着一台大放映机，圆形的卷片轴已经准备就绪。

玛乔丽依然不发一言，走到沙发前坐下。艾略特心中备受煎熬，承受着良知的拷问。

玛乔丽环顾被炉火照亮的房间，似乎在确认房里还有没有其他人。随后，她点点头，冷静地说："我早就说过，我们之前见过面。"

"是的。"艾略特承认。他坐到桌旁，拿出笔记本，小心地翻开摊平。"准确说来是上周四，在梅森父子药店，皇冠路十六号。当时你想买氰酸钾。"

"但这件事你没告诉任何人。"

"你凭什么认为我没有，威尔斯小姐？你以为我被派到这个地方是来干什么的？"

这是在挖苦她。他刻意为之，让自己的良心好受一些。他不知道刚才在楼下，他在多大程度上背叛了自己，也不知道她注意到了多少，会不会加以利用；因为她已经灵光一闪，猜到了上周药店里的人就是他。他无法忍受她的利用。

如果他期望这番挖苦收到效果，那么他成功了。她的脸上血色渐失，原本直直盯住他的大眼睛现在连眨了几下；她无法看穿他，于是她生气了。

"噢。所以你是来逮捕我的？"

"看情况。"

"想买氰化物，但没买到，难不成这也算犯罪？"

艾略特拿起笔记本，又让它平平地落在桌面上。

"说真的，算我私下提醒你，威尔斯小姐，这种解释对你有什么好处？别人听到了会往什么方向想？"

她极其敏锐。艾略特欣赏她的智慧，虽然同时他又痛恨她的智慧。她仍在观望，在等待，在揣测他走哪步棋；她的耳朵立刻捕捉到了他忍不住在最后这蕴含怒意的问题中所添加的信息——"拜托——该死——你就不能配合一下吗"。她快速起伏的胸部逐渐平缓下来。

"如果我说实话，警督——如果我告诉你我想买毒药的真正原因——你会不会相信我？"

"会的，如果你说实话。"

"不，那不是重点。那不是最关键的。如果我告诉你真正原因，你能否保证不向其他任何人透露？"

（她很真诚，他想。）

"对不起，小姐，恐怕我无法做出这种承诺。如果与本案的调查有关——"

"但这与案件无关。"

"好吧，你想买氰化物，究竟要用来做什么？"

"我想用来自杀。"玛乔丽平静地答道。

片刻的沉寂。炉火噼啪作响。

"可你为什么要自杀？"

她深吸一口气："如果你真想知道——因为只要一想到返回故乡，我就恶心得无法忍受。好了，我告诉你了，我总算说出来了。"她好奇地打量着他，似乎不明白为什么她竟会对他说这些。

不知不觉间，艾略特已经从公事公办询问证人的警察转换成另一个角色，但两人都没意识到这一点。

"好的，但问题是，你真有什么非要自杀的理由吗？"

"设身处地想想我在这个地方的处境。下毒杀人，用那种方式下毒杀人；每分每秒都可能被捕，只因缺乏证据才暂时逍遥法外。然后出国享受了一趟地中海豪华游轮之旅——虽然有个身为百万富翁的舅舅，但我长这么大，以前还从没享受过这种待遇。然而接着我又得回国，回到我所逃离的地方。你想想看，想想！换作你会是什么感受？"

她攥紧了双手。

"噢，现在我已经熬过来了。但在我下船的那一瞬间，我就是无法忍受，我根本没有停下来好好思考。如果我能稍加思索，编出个合理的故事，就不至于在回答药剂师的问题时结结巴巴、磕磕绊绊、惊慌失措。过后我才想到这些。可当时，我满脑子都只记得别人说过，氰酸钾见效快，又不会带来痛苦，只须服用一点就能送命。何况我想伦敦东区也不会有人认识我、记得我。当时我所乘的船正沿河而上——我一边看着岸边的房子什么的，一边就想着这些。"

艾略特放下铅笔问道：

"可你的未婚夫怎么办？"

"我的未婚夫？"

"难道你要告诉我，你回国准备结婚的同时，却想买毒药自杀？"

她绝望地摆摆手："我都说了，当时陷在那种情绪里！而且结婚又是另一回事。在毒杀案发生之前，一切都那么美好，我本以为就要时来运转了。当我在伦敦遇见乔治的时候——"

艾略特打断："你是什么时候在伦敦遇到他的？"

"噢，见鬼，"玛乔丽轻声说，抬手捂住嘴，她一直注视着他，浮现出疲惫而自嘲的神情，"无所谓了。让你知道又有什么关系？

全都说出来也好——也很好。

"我认识乔治很久很久很久了。有一次马库斯舅舅破天荒地让我独自去伦敦,我在一次聚会上遇见了他,疯狂地爱上了他。我时常偷偷溜进城去和他约会。噢,我们没干别的。我没那么大胆,真的。"

她盯着地板。

"但我决定暂时不向马库斯舅舅引见乔治。首先,马库斯舅舅从不——从不——从来都不给我的追求者好脸色看。我是个出色的管家,把我留在家里,万事都方便得多——你懂我的意思。"她脸红了,"其次,乔治非常了解马库斯舅舅的作风,如果马库斯舅舅知道我们背着他约会,他会大动肝火。你明白吗?"

"嗯,我明白。"

"如果我们是偶然邂逅,那就好得多。在国外相遇就更合适。而且乔治也说他需要休假。当然,乔治没多少钱,那种旅行他更是负担不起。可我还有母亲留下的几百英镑保险金,我把钱取出来,帮乔治付了旅费。"

("卑鄙之徒,"安德鲁·艾略特对自己说,"去死吧,这家伙又聪明又卑鄙。")

她睁开双眼。

"他不是那种人,"玛乔丽喊道,"我是指,他很聪明,但他绝不卑鄙。他是我所见过的最有智慧的人,而且非常自信。我爱的就是他这一点,他的自信——"

"对不起。"艾略特刚开口就停住了,一种可怕的感觉突然袭来,仿佛整个世界都失去了支柱。"卑鄙之徒,去死吧,这家伙又聪明又卑鄙。"这句话他并没说出来，而是在脑海中清晰地过了一遍，如同在电传打字机上打出来一般。这个女孩或许十分机智——在乔治·哈丁先生的问题上除外——但她不可能会读心术。

玛乔丽似乎对艾略特的心思一无所知。

"我多么希望乔治能反击一下马库斯舅舅！"她相当激动，"我希望他能留下一个好印象，那自然不用说。可结果——那样摇尾乞怜未免太过分了。有一天在庞贝，马库斯舅舅决定把话挑明，当着威尔伯和英格拉姆教授的面，在随时可能有人闯入的公共场所，直接给乔治下命令，说将来无论什么事都得由他做主；而乔治就跟小绵羊一样乖乖答应了。你还问我下船时为什么心情郁闷，恨不能尖叫出声！我算是看出来了，不会有任何改变。我看见我的生活还会像从前那样延续下去。无论在哪里，我都躲不开马库斯舅舅、马库斯舅舅、马库斯舅舅。"

艾略特打起精神。

"你不喜欢你舅舅？"

"当然喜欢，我敬爱他。但那不是重点。你能理解吗？"

"是——是的，我能理解。"

"以他自己的标准而言，他是个好舅舅。他为我把一切都安排得妥妥当当，我需要假期时，他就按他的意愿为我筹划一个美好的假期。但只要他一开口，你连五分钟都无法忍受！还有他和英格拉姆教授关于犯罪的争论，没完没了，无止无休——就连我们身边发生了真实犯罪的时候也不例外——以及他那部'犯罪学'手稿——"

艾略特猛然抓起铅笔。

"犯罪学手稿？"

"对。我说过，他始终致力于一个又一个学术课题，但大多都和心理学有关。所以他和英格拉姆教授的关系才那么好。他常常说，'嗯，你不是总说一个心理医生可以重现最厉害的罪犯的心理状态吗？为了科学，何不主动献身？来一次完全无关利益的犯罪，证明你的理论。'我的天！"

"原来如此。那英格拉姆教授怎么说？"

"他说不，谢谢。他说他不会犯罪，除非他能设计出完美的不在场证明——"

（艾略特曾在什么地方听过这种论调。）

"而且，即便是再高明的心理医生，也无法让一个人同时出现在两个地方。"玛乔丽双腿交叠，往后靠在沙发上。"最令我颤抖的是，他们总能如此冷酷、镇静地讨论这种话题。因为，你看，现在出事了。可怕的事情接二连三，我们却还不知道凶手是谁，杀人手法是什么，动机又是什么。而现在威尔伯死了。威尔伯，从没对任何人有过哪怕一丁点伤害；弗兰奇·戴尔，安德森家的孩子，还有马库斯舅舅自己，也都一样。我就快坚持不住了，特别是——特别是他们开始朝我扔石头的时候，天知道接下来我还会遭遇什么。比如对我处以私刑，或者用火烧我，我不知道。帮帮我，求你帮帮我！"

她停下了。

她的声音里平添一层温柔，一层无法遮挡的生命力，其感染力之强大，令艾略特几乎无法维持一名警察应有的镇定。她倾身向前，双手摊开，似乎在请求他将她从沙发上拉起来；她的目光始终没有离开他的眼睛。恰在此刻，他们听见紧闭的门外传来一阵响动，像是一头大象用巨足边踩踏边刨地，同时还嗷嗷叫着提醒开饭时间到了。然后有人使劲敲门；菲尔博士侧身进门，转过来朝他们眨眨眼。

"本来不想打扰你们，"他说，"但最好过一会儿再问话。克罗和波斯维克已经在路上了。我认为你还是先离开为好，威尔斯小姐。斯蒂文森先生正在锁店门，不过他的助手会开车送你回家。然后——"

他的视线牢牢锁住那台放映机。

第 14 章

完全可靠的钟

玛乔丽出去时，在门口遇见了克罗少校和波斯维克警司。但直到门关上，克罗少校才开口。他的状态已恢复如常。

"早上好，警督，"他礼貌地说，"或许该说下午好。今早我们找不到你。"

"对不起，长官。"

"没关系，"克罗少校仍然十分客气，"只想告诉你，又有一桩小小的命案需要查办——"

"我说了对不起，长官。"

"既然你是去找我的朋友菲尔，我没意见。你比我走运。六月时我邀他来查这个案子，但他拒绝了，可能觉得案情不够刺激。没有密室，没有超自然因素，没有皇家酒店的奇闻异事，只有一起使用番木鳖碱的残忍谋杀案，毒死了一个孩子，还差点毒死其他几人。但现在我们握有大量证据，还增加了两名受害者——警督，其中一位或许值得你调查一番——"

艾略特拿起笔记本。

"我已经道歉两次，长官，"他慢吞吞地答道，"不必再说一次了吧。而且，说实话，我并不认为我忽略了什么本该留意的情况。对了，顺便问一下，索布里克洛斯有没有警察？"

刚拿出烟斗和烟袋，正旋出烟斗柄的波斯维克停手了。

"有啊，老兄，"他说，"为什么这么问？"

"因为我一个警察都没看到。有人用石头打碎了楼下的玻璃门，声音大得远在巴斯都能听见，却没惊动警察。"

"见鬼，"波斯维克突然吹了吹烟斗柄，又抬起头，在光影中，他的脸肿得有点吓人，"你什么意思？"

"就这意思。"

"如果你是指我以为——"波斯维克说，"请注意，我是说我以为——我们马上就能逮捕某位年轻女士，不必指名道姓——是的，我确有此意。"

"嘿！"菲尔博士怒喝。

这吼声震得窗框颤动不止，所有人都转过身来。

"够了，"菲尔博士正色道，"你们做的都是无用功，而且你们心里清楚。要怪就怪我吧。吵来吵去，无非是因为你们每个人对于谁是凶手看法不同，而且一个个都一口咬定、先入为主、顽固不化，这些你们也都清楚。老天在上，都别太固执，否则我们只会白忙一场。"

克罗少校的咯咯笑声缓解了紧张的气氛，笑声显得诚恳而亲切。艾略特和波斯维克也露出笑容。

"这老东西说得对，"克罗少校说，"抱歉，警督。其实我们的神经绷得太紧，所以才陷入误区。但我们务必看清方向，务必。"

波斯维克将烟袋递给艾略特："来两口。"

"谢了，想抽的时候找你。"

"现在，"菲尔博士恶狠狠地说，"既然话都说开了，趁着气氛不错——"

"我可不承认我一口咬定、先入为主，"克罗少校板起脸，"我没有。我只知道我是对的。当我看见可怜的埃密特躺在那儿——"

"哈！"波斯维克警司不屑地嘀咕着，语气之凶狠令艾略特一惊。他不禁开始琢磨接下来会发生什么。

"然而什么也没有，警督，没有线索。埃密特死了。昨天夜里有人进屋往他手臂上打了一针。没人听到或承认听到整晚有任何可疑的声音，凶手可能是任何人。甚至可能是外人，因为贝勒加大宅从不锁门。这附近很少人晚上锁门。虽然我说凶手可能是外人，但我有我的想法。噢，对了，我已找过韦斯特，拿到了切斯尼的尸检报告。他死于极少量的纯氰酸。也就是说，没有迹象显示毒药是氰酸钾或氰化汞。目前掌握的信息就这些。"

"不，不止，"菲尔博士满意地说，"这位是斯蒂文森先生。朋友，我们准备好了。放影片吧。"

令人不安的静默笼罩众人。

斯蒂文森意识到自己的重要性，不禁放轻脚步，格外谨慎。他擦了擦额头，检视了炉火，看了看窗户，又端详了挂在双扇门前的帘子。他花了点时间检查桌子，接着把桌子往后拖，几乎顶着帘子对面的墙壁，然后又往前推了几英寸。他从书架上拿出几册《不列颠百科全书》，堆在桌上用来垫高放映机。四位调查者都抽着烟斗，微暗的房间里腾起一阵烟云。他们潜伏着，等待着什么。

"这行不通，"克罗少校突然说，"会出问题。"

"会出什么问题？"艾略特追问。

"我不知道。会出大问题。没这么简单，走着瞧吧。"

"我保证不出事，长官，"斯蒂文森满脸是汗，"马上开始。"

静默进一步延展，只有斯蒂文森手头偶尔神秘地叮当作响，以及外头大街上传来汽车疾驶的嘶鸣。斯蒂文森把沙发移到一边，以免挡住视线。他将椅子排好。银幕上有条浅浅的皱褶，于是他又调整了图钉的位置，把皱褶抚平。终于，观众们长出了一口气，他踮着脚缓缓挪到窗边。

"现在，各位，"他摸索着窗帘，"请做好准备。请各位先就座，然后我再拉上窗帘——"

菲尔博士笨重的身躯挪向沙发。波斯维克小心地坐到他身旁的沙发边沿。艾略特拉了把椅子坐到银幕一侧。窗帘拉上了，窗帘环扣发出一阵嘎吱声。

"那么，各位——"

"停！"克罗少校从嘴里取出烟斗。

"老天，"菲尔博士咆哮道，"又怎么了？"

"别激动，"克罗少校用烟斗柄比画着，"假设——唔，假设一切顺利。"

"那不就是我们所期望的吗？"

"假设如我们所愿，一定能在影片中发现一些线索：例如，

'虚无医生'的实际身高。不妨先表个态，各位觉得我们会看到什么？'虚无医生'是谁？你说呢，波斯维克？"

波斯维克警司从沙发后面探出圆脸。他握着烟斗的姿势，仿佛让烟斗悬浮于他的脑后。"唔，长官，依我看——我相信他就是威尔伯·埃密特先生。"

"埃密特！埃密特？但埃密特已经死了！"

"当时他还没死。"警司指出。

"可是——算了算了。你怎么看，菲尔？"

"先生，"菲尔博士彬彬有礼地答道，"若不是你让我发表观点，我本不想说。依我之见，一方面我很确定我们会看到些什么。但另一方面，我不想过早下结论，等我们最终亲眼看到那些东西再说。"

"开始了！"斯蒂文森提醒。

窗帘完全拉紧，黑暗中只有微弱的炉火和烟斗那妖魅般的火光稍稍发亮。艾略特感受到了黏附在这老旧石头房子里的潮气，令人窒息的闷热，以及烟雾。每个人的身形或面孔都很容易辨认，就连房间后方的斯蒂文森也不例外。斯蒂文森来回走动，脚步小心翼翼，避开放映机的电线。他打开放映机，丁零一声，盒中射出一束光，照得他活像个忙着摆弄坩埚的炼金术士；放映机的光束投射出一块四英尺见方的空白银幕，烟雾在幕前袅袅升腾。

房间后面传来一连串轻微的咔嚓声，接着好像有什么东西咔嗒一下打开又关上了。放映机开始嗡鸣，随即稳定地呼呼作响。

银幕上亮光一闪，颤动几下，又陷入黑暗。

一切正常，那呼呼的声音仍充盈整个房间。绵延的黑暗中透出一丁点灰色，轻轻摇动。这种状况仿佛将无止无休。然后，一抹微光闪出，瞬间亮得令人目眩，好似是从一个黑点撕扯开去，在银幕正中垂直劈开一道裂缝。艾略特知道那是什么。他们回到了书房对面的音乐室；马库斯·切斯尼正推开双扇门。

有人咳嗽。画面稍稍抖动；然后，恍若隔着一片黑暗的虚空，贝勒加大宅书房的后半部出现在他们眼前。一个移动的影子在画面边缘摇晃着，显然是某人走回桌前的身影。哈丁拍摄影片的位置太靠左了些，因此看不见落地窗。虽然影子十分清晰，但光线相当微弱暗淡。不过，仍能看清闪烁的壁炉架；能看清钟面，钟摆边摇动边反光；还能看清椅背、宽阔的桌面、图案发灰的巧克力盒，以及躺在吸墨纸上的那两件形似铅笔的小东西。随后，光的边缘有了动静——马库斯·切斯尼的脸出现在银幕上。

马库斯·切斯尼气色不佳。光线照射的角度不理想，而且他没化妆，加上摄像机镜头不稳定造成画面跳跃，令他看上去死气沉沉。他的脸几乎毫无血色，浓眉很是醒目，眼窝深陷；只要他一转头，就有黑色条纹浮现在脸颊上。但他的神情却倨傲而淡定。他轻松地进入画面，步履悠闲……

"快看那钟，"艾略特身后有个微颤的声音一下盖过了放映机的呼呼声，"快看那钟！是几点？"

"去他妈的——"这次是波斯维克的声音。

房间里一阵骚动，似乎动的不是人，而是家具。

"几点？你说呢？"

"他们都错了，"还是波斯维克，"都错了。其中一个说是午夜十二点；另一个说十二点左右；英格拉姆教授的说法是十一点五十九分。他们都错了。应该是十二点一分。"

"嘘——！"

银幕中的小世界不为所动。马库斯·切斯尼极其谨慎地拉出椅子，坐下。他伸手将巧克力盒往右推了推，动作相当稳健，与抖动的画面形成鲜明对比。接着，他拿起一支看上去有点扁平的铅笔，故做奋笔疾书状。接下来他又拿起另外那个小东西——他的指甲稍稍陷进吸墨纸，表明拿起来有些难度。迎着光，他们看得一清二楚。

艾略特脑中响起英格拉姆教授对它的描述。教授说那东西像钢笔，但更细，体积也小得多；还说它镀了薄薄的银，长度不满三英寸，发黑，一头很尖。现在看来，这段描述十分精确。

"我知道那是什么了。"克罗少校说。

椅子的剐蹭声。克罗少校急急从众人中走出，侧身一闪，把头探进光束，以便更好地观察。他的影子覆盖了大半个银幕；马库斯·切斯尼幻变为一连串暗淡的奇异图像，在他的外套后背扭动着。

"暂停！"克罗少校转过身，完全挡住放映机的光束。他的嗓音更高了。

"不会错，我知道那是什么了，"他重复道，"是钟的分针。"

"你说什么？"波斯维克追问。

"壁炉架上方那座钟的分针，"克罗少校边喊边用手指比画着，"请注意，钟的表盘直径六英寸。看不出来吗？长的分针和短的时针。演出开始前，切斯尼只须旋开固定时针和分针的轴（可以看到轴上有螺钉头），将分针从轴上取下，再把螺钉复位即可。于是，钟面上只剩下一根指针，较短的时针始终指向数字12。

"老天，这——你们还没反应过来？钟面上只有一根指针。证人都以为看见的是两根指针。而实际上他们只看见了时针，以及在来自下方的亮光照射下，时针在其自身上方和侧面的白色钟面上所投下的鲜明阴影。"

他指指点点，简直要手舞足蹈起来。

"这甚至解释了证词之间的差异，不是吗？证人们之所以各执一词，是因为他们观察分针阴影的方向不同。坐在最右边的英格拉姆教授看见阴影指向十一点五十九分。居中的威尔斯小姐看见阴影恰好指向十二点。而从最左边拍摄的影片中则显示阴影指向十二点一分。演出谢幕后，切斯尼小心地关上双扇门——然后他将分针安回钟面即可，这只须耗费五秒钟。然后钟面显示的又是正确时间。整个表演过程中，在众目睽睽之下，切斯尼大大方方手握分针端坐在那里，却没被任何人识破。"

一时间鸦雀无声。

沉寂中，响起了波斯维克猛拍大腿的声音；菲尔博士咕哝着表示赞同；影片卡住了，斯蒂文森边忙活边嘀咕。克罗少校虽温和却骄傲地补了一句：

"我是不是早就说过那钟有问题？"

"是的，长官。"波斯维克应道。

"绝妙的心理诡计，"菲尔博士猛点头，"嗯，我敢打赌，即便没有影子，这一手法也能奏效。当钟的指针指向十二点时，我们只能看见一根针，不会再定睛细看——习惯欺骗了我们。但切斯尼更进一步，以确保他的计划万无一失。由此可见，这就是他坚持要把演出安排在午夜十二点左右的原因。纵然钟面上任何位置的针都能形成影子幻象，但只有当时针垂直指向午夜十二点时，才可以确保身处三个不同位置的三名不同证人确凿无疑地看见钟面上的三个不同时间，而且他会在十个问题中用至少两个问题去误导他们。但问题是！问题是——当时的准确时间，究竟是几点几分？"

"啊。"波斯维克说。

"时针是垂直的，不是吗？"

"是的。"克罗少校很肯定。

"这就意味着，"博士皱眉，"根据我修过各种各样钟表的经验，这就意味着，当时分针本该指向的位置，在十一点五十五分与十二点五分之间皆有可能。这段时间里时针基本都是垂直的，根据钟的大小和内部构造，可能有极细微的差异。十二点前的时间不必考虑，我们要关注的是十二点之后。这就意味着——"

克罗少校将烟斗放进衣袋。

"这就意味着，"他说，"乔·切斯尼的不在场证明被粉碎了。

本来他离开恩斯沃斯家的时间是午夜十二点整，而之前我们判断那时'虚无医生'身处贝勒加大宅的书房里。乔·切斯尼确实是在十二点离开恩斯沃斯家，但现在看来，'虚无医生'进入书房、杀害切斯尼的时间并非十二点整。不，真实的案发时间是十二点之后，可能是十二点五分或六分。乔·切斯尼开车三分钟之内就能轻易地从恩斯沃斯家赶到贝勒加大宅。论证完毕。谁去把窗帘拉开吧。我尚未掌握对乔·切斯尼不利的具体证据，但我认为他就是我们要找的凶手。"

第 15 章

影片透露了什么

艾略特拉开窗帘。灰白色的天光照进来，冲淡了放映机的光束，衬出克罗少校站在布帘前的身形，挂在门上的布帘依然映出扭曲而模糊的画面。

克罗少校越来越兴奋。

"警督，"他说，"我历来不擅长推理分析，但这个问题太过明显，一眼就能看穿。你明白吗？可怜的老马库斯·切斯尼实际上亲手为别人拟订了谋杀他自己的计划——"

"是吗？"菲尔博士若有所思。

"乔·切斯尼可能早就对那座钟和影子幻象非常了解。明白吗？晚餐后他可能在贝勒加大宅周围闲逛，而马库斯和威尔伯·埃密特用了三小时左右在书房里布置演出，窗户敞开着。或者，可能性更大的是，马库斯和埃密特几天前就已经在策划这次演出，而一切都在乔的掌握之中。

"他知道马库斯必须等到时钟的指针垂直之时才开始演出。一般情况下，那座钟的时间无法改动，马库斯无法调整指针。如果乔能在恩斯沃斯家获得不在场证明——证明他无法在案发时间回到贝勒加大宅——如果马库斯选择在稍晚于午夜十二点，而不是稍早于十二点时开始表演，乔·切斯尼就要一夜暴富了。等等！还有件事（老天，我居然刚刚才想到），过后他必须处理。"

"是什么？"艾略特问道。

"他必须杀死威尔伯·埃密特，"少校说，"埃密特知道钟被动了手脚。而且你觉得这附近能有多少人懂得如何使用皮下注射器？"他不紧不慢地说，"各位，案情一目了然。这家伙的脑子真不简单，谁会怀疑到他头上呢？"

"你就会啊。"菲尔博士说。

"什么？"

"事实上，你早已怀疑他了，"博士指出，"你最初的怀疑就指向他。依我看，以你出身于伍尔维奇[1]的正统思想，对于习惯了粗门大嗓的乔·切斯尼，始终都有一种根深蒂固的不信任。"

"老天，我并不是刻意针对那家伙！"克罗少校高声抗议。他稳住情绪，转向艾略特："警督，此案由你主导。过了今天早上，案子和我就没什么关系了。但我觉得你的调查已经获得了极大的进展。大家都知道乔·切斯尼讨厌工作，而马库斯却让他难以从工作中抽身，甚至逼迫他工作。说到逮捕的理由——"

"什么理由？"菲尔博士打断他。

"我不懂你的意思。"

"我是说，什么理由？"菲尔博士重复道，"你所重建的案情不可谓不精彩，但你似乎忘记了一个虽然微小，但却可能至关重要的事实。利用那座钟搞恶作剧的人，不是乔·切斯尼，而是他的哥哥马库斯。你混淆了证据所指的方向，这无异于拆

---

1. 位于伦敦东南区域，既是泰晤士河上的重要港口，又是历史悠久的文化中心。

东墙补西墙。"

"好吧，但是——"

"因此，"菲尔博士加重语气，"你说服自己去逮捕一个人，原因仅仅是你破解了其他人为他所设下的不在场证明；你甚至不认为是他自己设置了不在场证明；这是偷换概念。你想逮捕他，仅仅因为他没有不在场证明。你的推论中还有一处显而易见的缺陷，我不想评论；现在我只想说，你不能在此时此刻逮捕他。"

克罗少校被激怒了。

"我可没说要逮捕他。我知道必须掌握证据。但你认为该怎么办？"

"不如继续看下去吧，长官？"波斯维克提议，"以便找出答案？"

"呃？"

"戴礼帽的家伙。我们还没看到他。"

"大家是否都同意，直到影片放完为止，都别打岔？"场面恢复了秩序，窗帘重又拉上时，菲尔博士暴躁地问道，"都没意见吧？很好！请各位忍耐一下，约束自己，我们接着往下看。开始，斯蒂文森先生。"

放映机的咔嗒声和呼呼声再次填满整个房间。面对小小的银幕，众人缄默无言，只是偶尔传出有人咳嗽或衣服沙沙作响的声音。此时，艾略特望着银幕，一切都那么显而易见，不禁好奇为何思想与视觉的结合会有如此强大的力量。钟面上的分针明显只是影子，仅此而已。马库斯·切斯尼神色如常，正手握真实的分针做奋笔疾书状。

马库斯·切斯尼将分针丢在吸墨纸上。他似乎听见了什么。他朝自己的右侧稍稍侧过身，消瘦且阴影斑驳的脸也转向侧面，更清晰地呈现在众人眼前。

凶手走进了画面。

事实上，"虚无医生"已然缓缓转过身，望向观众。

他看上去十分邋遢。大礼帽的绒毛像被虫啮过似的，磨损得厉害。浅灰色的雨衣显得有点脏，衣领拉高到耳朵的位置。模糊的灰色斑点如同昆虫的脸，又似缠绕的围巾，填充了他和观众之间的空间；那副太阳镜高深莫测地盯着观众。

虽然影片是从左侧拍摄的，但观众仍可以第一眼就看见他的全身。他站在光线照射的范围内，但离场景的前方比较远，而光源的位置太高，所以他的裤子和鞋看上去太过模糊，难以辨认。他的右手戴了手套，拎着一个印有名号缩写的黑包，手和提包之间几乎无缝衔接，如同玩偶。

他迅速展开行动。

已有心理准备的艾略特看清了他的动作。他回头看向马库斯·切斯尼时，后背半朝着观众，不难捕捉他的举动。他走到桌旁，放下提包。他本来把提包放在巧克力盒后面，但一瞬间，他像是改变了心意，又拎起包放到巧克力盒上头。通过前一个动作，他用弹簧夹袋将藏在包里的巧克力盒复制品转移到桌上；而通过后一个动作，他又将桌上原来的巧克力盒抓入提包中。

"这就是他的调包手法！"克罗少校的喊声冲破黑暗。

"嘘！"菲尔博士喝止。

但没有时间思考，因为整个过程结束得太快。"虚无医生"

从光圈外绕过桌子时，整个身影炸成一团模糊的黑斑，仿佛他不存在了，作为物质的属性就此消失了。

随后他们目睹一个人当场被杀害。

"虚无医生"在桌子另一侧重新现身。马库斯·切斯尼张嘴对他说了些什么。"虚无医生"的右手——因为他半侧向观众，所以能看见他的右手——插在口袋里。手伸出来了，他的手移动时微微发颤，他从一个看上去像小纸盒的东西里拿出了什么。

到此时为止，他的动作都迅速而精准。接下来他的动作变得满怀恶意。他左手的手指紧扣住马库斯·切斯尼的咽喉；手指上移，抬起他的下颌。尽管马库斯·切斯尼的眼窝深陷，你依然不会漏掉他眼中闪现的惊悸。"虚无医生"的右手逐渐探进俘虏的嘴，塞进去一颗胶囊，然后缩出来……

黑暗中响起波斯维克警司的声音。

"啊，"他说，"那位小姐就是在这时喊出'不要，不要'！"

"虚无医生"又消失了。

他又化身为一团朦胧的影子绕回桌前，拿起黑包。但这次他移向房间后方，然后才出去。光线勾勒出他暗淡却清晰的整个身形，照出了他的晚礼服裤子和鞋子，也照出了他雨衣下摆到地面的距离。在这一瞬间，观众眼前像是多了一把尺子，几乎可以精确地量出他的身高。

"定格！"克罗少校喊道，"就在这里定格！可以看出——"

没有定格的必要，影片放完了。放映机发出一连串杂音，银幕一阵闪烁，变暗，转为空无一物的白色。

"就是这样。"斯蒂文森的声音发哑。

一时间，只有斯蒂文森一个人有所动作。他关掉放映机，缓缓从机器后面挪出来，前去拉开窗帘。戏剧性的场面由此揭开序幕。克罗少校面有得色。波斯维克警司朝着烟斗露出神秘而不易察觉的微笑。但菲尔博士则是一脸惊愕万分的神情，少校见状不禁大笑。

"看来有人大受震撼啊，"他说，"警督，你说说看，'虚无医生'的身高是多少？"

"我认为至少六英尺，"艾略特说，"当然，我们得拿个放大镜对着影片测量一下才知道。他的位置与壁炉架平行，所以不难计算。运用比较测量法就可以。不过看上去应该是六英尺。"

"啊，"波斯维克表示赞同，"六英尺没错。你们注意到了那家伙走路的方式吗？"

"你注意到了吗，菲尔？"

"没有。"菲尔博士吼道。

"可你难道不相信自己的眼睛？"

"不信，"菲尔博士说，"当然不信，绝对不信。看看过去我们由于轻信自己的眼睛，上演了多少闹剧？现在我们穿行在一座幻觉之屋、一个诡计之盒里，我们已经登上一班幽灵列车，正被它载入歧途。一想到那座钟被动的手脚，我就满心敬畏。如果切斯尼能构思出如此精妙的绝技，他所设计的其他手段肯定也有这种水准——甚至更加高明。我不相信我的眼睛。老天，我就是不信。"

"但有什么理由足以推定这里也藏有诡计？"

"有，"菲尔博士断言，"我称之为'纯属多余的问题'。但眼下我们又面临更紧迫的新问题——"

"比如？"

"唔，看看我们的专家证人是如何被愚弄的，"菲尔博士抽出大手帕挥动着，"三名证人都回答了关于'虚无医生'身高的问题。玛乔丽·威尔斯算不上很好的证人，哈丁是个很差的证人；另一方面，英格拉姆教授则是一位相当出色的证人。然而，在身高问题上，那两位观察力欠佳的证人答对了，英格拉姆教授却大错特错。"

"那你为什么还一口咬定他的身高不是六英尺？"

"我并没有一口咬定。我只是说有点不对劲。自从我听说这个案子以来，有个问题就像根针一样扎着我，始终让我百思不得其解。直到现在我依然想不通。这个问题是：为什么这部影片没被破坏？

"再说一次，"菲尔博士挥舞手帕，"为什么凶手没有破坏这部影片？切斯尼死后，他们把埃密特抬上楼，房子的整个一楼都没人。凶手有充足的机会，可以轻而易举破坏影片。你们抵达时也发现音乐室里没人，摄影机被很随意地放在留声机的盖子底下。凶手只须打开摄影机，让底片曝光，这片子就报废了。你总不会以为凶手盼着自己出演的影片被警察放在显微镜底下检查吧？不，不，不可能。"

"但乔·切斯尼——"克罗少校开口。

"好，假设凶手是乔·切斯尼。假设他完全如你所言，杀死马库斯，又利用时钟的诡计构建了不在场证明。但这人不可能是个彻头彻尾的疯子。如果他扮演了'虚无医生'，他知道整个过程都被哈丁拍摄了下来，那么他必定也知道，只要仔细观看这部影片，立即就会发现分针缺失，钟被动了手脚；他的计划也就破产了。好，他打电话到警局找你，是什么时间？"

"十二点二十分。"

"好。你们赶到贝勒加大宅是什么时间？"

"十二点二十五分左右。"

"很好，这就对了。所以如果他给你打完电话，他人在楼下，离音乐室的门也就两三步。其他人都在楼上。他为什么不舍得花两秒钟走进音乐室，把这份能送他上绞架的证据破坏掉？"

克罗少校的脸涨红了。

"这可把你问倒了，长官。"波斯维克调侃道。

"什么叫'问倒我'？"克罗少校强撑面子，"我不知道为什么。或许他找不到摄影机。"

"啧啧。"菲尔博士不以为然。

"不过，既然警司你对整个案件胸有成竹，或许你能帮帮我们，"克罗少校又说，"你能解释凶手为什么没有破坏影片吗？"

"好的，长官，应该可以。依我看，凶手不具备破坏影片的条件，而另一名凶手并不想破坏影片。"

"什么？有两名凶手？"

"是的，长官，埃密特和威尔斯小姐。"

波斯维克把玩着烟斗，翻来覆去看了又看。他的神色凝重、阴郁，似有所思；说出这番话，对他而言显得有些艰难。

"迄今为止，我对案情没有发表太多意见，但我从不同的方向考虑了很多。如果你想知道我的想法，我不介意分享一下，而且我能提出充足的证据。

"影片里那家伙是埃密特先生。"他指着银幕，"毫无疑问。看他的身高，看他走路的样子，随便找附近的人问问，让他们看看影片，问问他们认识的人当中有谁会那样走路，他们会告诉你，只有埃密特先生。

"我始终都不相信有人打昏埃密特先生之后再扮演他的角色。我不信。而事实正如我所料。是威尔斯小姐拼命给我们灌输这种想法，而当时我们还不清楚她的目的。这种情节未免太过戏剧性了吧，老天，"他坐直身子，"想杀那个老人，随便哪天往他的茶里加一滴氰化物就可以了，谁会费这么大周折？万一他的伪装穿帮了呢？万一帽子掉了，围巾松了怎么办？虽然实际上没发生，但不能排除这些风险。万一老人抓住他又怎样？不是也有可能吗？不，长官，正如菲尔博士所说，无论杀害老人的凶手是谁，他都不会希望我们看到这部记录了全过程的影片，所以他为什么不毁掉它？

"昨晚我一夜没睡着，都在思考这个问题。突然，我对自己说，'真见鬼'，"——他一拍膝盖，"'真见鬼，'我说，'另一颗胶囊在哪里？'"

艾略特看着他。

"另一颗胶囊？"他追问，而波斯维克回应他的目光十分坚定。

"啊。另一颗胶囊。我们认为——威尔斯小姐引导我们认为——有人打昏埃密特先生，用一颗毒胶囊换掉了普通的胶囊。好，就算这是真的。如果是这样，那么另一颗胶囊到哪儿去了？

无毒的那颗？全家上下，所有地方，我们都找遍了，雨衣、提包都搜过了，我们找到另一颗胶囊了吗？没有。这就意味着，只有一颗胶囊；也就是埃密特先生所携带的那颗，同时也是他强迫老人吞下去的那颗。"

克罗少校吹了声口哨。

"说下去。"他催促。

"还有一个东西我们没找到，"波斯维克盯着艾略特，"那个小盒子。他从那个小纸盒里拿出胶囊。我们在雨衣里找到那个小盒子了吗？没有。但我心想，'嘿，会不会在那儿？'于是今天早上，我去我所推测的地方查找，果然找到了。"

"在哪里？"

"在埃密特先生外套右侧的口袋里。他们帮他脱衣服时，把外套挂在他卧室的一张椅子上。"

"这可不太妙。"克罗少校说。

"既然说到这份上了，我索性一口气说完，"波斯维克加快语速、加重语气，"昨晚有人杀死了埃密特先生。而这个人正是与埃密特先生联手谋杀老人的同伙。大家都知道，埃密特先生可以为她做任何事。或许她给了他一颗毒胶囊，但没有告诉他胶囊有毒，只让他硬是把胶囊给老人喂下去。但这一点我不太确定，因为埃密特先生打昏自己以换取不在场证明，所以看样子这一切都是他们商量好的。总之，为什么老人遇害时她大喊'不要，不要'——后来却否认自己说过这种话？

"这很不正常，除非她很清楚当时正在发生什么。她确实知情。最后关头，她控制不住自己。这种事是有先例的。可能你没想到这一层，艾略特先生，但我查阅过你们伦敦的很多谋杀案例。容我提示以前的案件：即便杀机因女人而起，她们往往也抑制不住情绪；当伊迪丝·汤普森的丈夫在从电影院回家的路上被拜沃特斯刺死时[1]，她在一旁也高喊'不要，不要'。"

他停下来，大口喘气。

克罗少校不安地动了动。

"针对威尔伯·埃密特的证据——"艾略特说，"唔，如果你能找到证人指认影片中那人就是埃密特，那么证据倒还算充分。"他心中不安，有点反胃，但仍坚持直面事实，"到这里都还说得通。可是对威尔斯小姐不利的证据在哪里？总不能因为她说了句'不要，不要'就逮捕她吧，那太牵强了。"

"并非没有证据。"波斯维克答道，他的脸又涨红了。他迟疑片刻，扭头吼道："霍巴特·斯蒂文森，如果你敢泄露你在这个房间里听到的哪怕一个字，我就会回来拧断你的脖子。你知道我言出必行。"

"我一个字都不会说，警司，"斯蒂文森瞪大眼睛，"我发誓。"

"注意，如果你说出去，肯定会传到我耳朵里。"波斯维克怒目而视，再次警告他，然后回头说道，"我刚看完影片就想说这一点。之前，即便对少校我也没提起过，因为我想等到有十足把握的时候再说。但现在有证据了。长官，刚才你说除了医生之外，没多少人懂得如何使用皮下注射器。但是她懂。六七年前流感肆虐时她学过，她还帮助切斯尼医生给人打预防针。

---

1. 发生于 1922 年的著名案件，伊迪丝·汤普森与比自己小八岁的弗雷德里克·拜沃特斯发生婚外恋，拜沃特斯杀害了她的丈夫珀西·汤普森，二人均被判处死刑。

"老弟，刚才你说我们对她被人扔石头这事漠不关心，"他看着艾略特，"没这回事，我不喜欢你的说法，一点也不。如果有人扰乱治安，我会尽到我的职责；不管犯事的是谁，法官都不会饶过他。我提醒你，我有证据。你看这是什么？"

他从外套内侧的口袋里拿出一个信封。他把信封打开，在众人面前展示了一圈，好让大家都看清里面的东西：一个小型的皮下注射器，活塞是镍制的，细长的玻璃管内有无色的残渍。苦杏仁的气味格外明显。

"是的，"艾略特喉咙干得厉害，两眼灼热，"是的，你在哪里发现的？"

"我这人就喜欢左翻翻右看看，"波斯维克说，"所以我才请少校安排威尔斯小姐来这里接你。这东西是我在威尔斯小姐卧室梳妆台上一个首饰盒底部的暗格里发现的。"

他将信封交给艾略特，双臂交叠。

"看来破案了，"克罗少校清清喉咙，"你怎么看，警督？要下逮捕令吗？"

"等我找机会和她谈谈再说，"艾略特轻声答道，深吸一口气，"但，如你所说——恐怕已经破案了。博士，你的意见呢？"

菲尔博士双手插进乱蓬蓬的花白头发里，呻吟着，一脸左右为难。

"如果我有十足把握该多好！"他念叨着，"现在我脑子里一团乱麻，如果能理出个头绪该多好！我不知该说什么。目前的案情发展太出乎我的意料。他们很有可能是对的——"

艾略特的希望落空了。

"——不过，按之前的思路，当然还是该和那女孩谈几句——"

"和她谈谈！"波斯维克警司终于失去耐心，怒吼道，"和她谈谈！啊！我们一直都在和她谈个没完！长官，那女孩有罪，我们都很清楚。老天在上，她有那么充足的作案机会，那么有利的下手时机。我们对她已经非常非常宽容。结果如何？我们都心知肚明。她就是翻版的伊迪丝·汤普森，而且她的杀伤力更强。说到汤普森那女人，我听说她——"他瞥了艾略特一眼，"——凶案发生后，她甚至试图勾引前去审问她的警察。我把话放在这儿：历史总是在不断地重演。"

第 16 章

硬纸盒的线索

　　下午四点半，菲尔博士和艾略特警督跟随波斯维克警司进入玛乔丽·威尔斯的卧室。

　　菲尔博士和艾略特在"蓝狮"吃了一顿沉默的午餐——沉默是因为克罗少校和他们一起。虽然少校表示，等调查完案件中这一重要环节之后，他就撒手不管，但艾略特一点也不相信。其实，自从波斯维克将伊迪丝·汤普森一案和本案相关联时起，艾略特心里既郁闷，又微微有些反胃。他一直对自己说，就是这样，就这么回事。回想起来，他和玛乔丽的谈话，她对他的乞求，都未免假得夸张，令他像吃了酸东西一样阵阵恶心。她多半会被处以绞刑，就这样吧。但她究竟是怎么读出他心思的呢？

　　他曾两次目睹绞刑现场，他不愿回忆那些细节。

　　抵达贝勒加大宅时，玛乔丽不在家（如释重负的感觉险些令他窒息）。漂亮的女仆帕梅拉说她和哈丁开车出门了；红发女仆莱娜说她不是去巴斯就是去布里斯托尔。两名女仆以及厨子格林利太太都很紧张，因为整座房子只有她们三人留守。一位麦克拉肯先生——好像是埃密特在温室的助手——不时过来探视她们，看看大宅是否一切正常。切斯尼医生虽然昨晚睡在贝勒加大宅，但现在已经离开。女仆和厨子对昨晚的两起命案都没有提供什么证词。

沐浴在秋日阳光里的贝勒加大宅显得安详而静美。黄蓝两色的砖墙，以及平整的山墙上那陡峭的屋顶，看上去并未隐藏任何秘密。威尔伯·埃密特死得也很平静。他卧室的窗户朝西，窗帘拉开，倾泻而入的苍白阳光洒满了整张床。他头上缠着绷带，脸色微微发紫，但这张被死亡占据的脸却一片安宁，甚至不乏魅力。他直直地躺着，被单盖住前胸和右臂，睡衣袖子卷起，露在被单外面。韦斯特医生获准移动尸体以便进行验尸，目前他只能说埃密特似乎死于氰酸，很可能用了皮下注射器。没有哪种死法比这更安静、更远离恐怖了。然而菲尔博士环顾这贴着桃子图案壁纸、沉浸在阳光中的房间时，却禁不住一阵战栗。

"我也有同感，"在一旁观察博士的波斯维克说，"这边请。"

玛乔丽的卧室在大宅前部，同样宽敞而舒适，贴着奶油色格子图案的壁纸。浅色胡桃木家具，褶边窗帘外还有一层金棕色帷帐。床边有个开放式矮书架，上头摆了二十多本书，艾略特浏览着书名：几本法国、意大利、希腊、埃及的旅游指南，一本法语词典，一本平装的《畅游意大利》，还有《海洋与丛林》《蓝开始的地方》[1]《滑稽的圆舞》[2]《道连·格雷的画像》[3]《J.M. 巴里[4] 剧作集》《安徒生童话集》《情人纪事》，以及——不知波斯

---

1. 美国作家克里斯托弗·莫利（1890—1957）的小说。
2. 英国著名作家阿道司·赫胥黎（1894—1963）的小说。
3. 英国著名作家奥斯卡·王尔德（1854—1900）的代表作。
4. J. M. 巴里（1860—1937），英国著名作家，代表作为《彼得·潘：不会长大的男孩》。

维克是否已经注意到了——几本化学教材。

波斯维克确实注意到了。"噢，啊，底下那层有些东西值得一看。"

"嗯。她的阅读面很广，不是吗？"菲尔博士从他身后探头嘀咕着，"看来这位小姐的个性比我预想中更有趣。"

"对我而言已经够有趣了，先生。"波斯维克严肃地说，"你看。"

两扇窗户之间的梳妆台中央，圆形镜子前立着一个五英寸见方、装饰华丽的金盒子。盒子的边缘呈弧形，有四条短腿，做工是意大利风格，盒盖上是圣母和圣婴的彩色图案。盒底的暗格高度仅有四分之一英寸，藏得十分巧妙、隐蔽；根据波斯维克的解说，只有按住一条盒腿上的一小朵圆形玫瑰图案才能让它弹出来。

"我猜这个盒子是她在国外旅行时得到的？"艾略特缓缓说道。

"应该是吧，"波斯维克对此并不关心，"关键在于——"

"所以，其他嫌疑人也可能知道这个暗格？"

"所以呢？"菲尔博士东张西望，声音低沉，"你是指有人陷害她？"

艾略特相当诚实，"不知道。我承认，这是我的第一反应。但如果有人栽赃，我也承认，我想不出会是什么理由。我们面对现实吧，"他边来回踱步边思考，"必须接受一个事实：真凶要么是家里人，要么就是与切斯尼一家关系密切的人，这一点是绕不开的。但如果这个前提不成立，凶手就极有可能是完完全全的外人——例如药剂师斯蒂文森。"

波斯维克睁开眼睛:"喂喂喂!你该不会是说——"

"不,那说不通,我们都很清楚。但这里能有什么人有理由——"

他收住话头,和波斯维克一起扭头望去——因为菲尔博士轻声惊呼。菲尔博士对珠宝盒兴趣寥寥,刚才他心不在焉地随手半拉开梳妆台的右侧抽屉,从中拿出一个装摄影灯泡的硬纸盒,是空的。他用手掂了掂,又凑上去闻了闻。他稳稳地推了推鼻梁上的眼镜,举起硬纸盒迎着光,像在研究一瓶酒。

"哦,我就说嘛。"菲尔博士喃喃自语。

"怎么了?"

"一丁点新的线索,但价值连城,"菲尔博士说,"是这样,如果没人反对,我很想和打扫这个房间的女仆谈谈。"

艾略特去找人了。菲尔博士的样子就像一个急得使劲敲门、甚至准备破门而入的人。打扫这个房间的是红发女仆莱娜。但那个漂亮的女仆帕梅拉为了给她壮胆,也陪她来了。两人既紧张又严肃地望着菲尔博士(后来艾略特才发现她们拼命忍着笑)。

"你们好。"菲尔博士和蔼地说。

"你好。"红发女仆颇显拘束,倒是帕梅拉露出迷人的微笑。

"嘿,"菲尔博士说,"今天早上是哪位负责打扫这个房间?"

莱娜迅速朝四周看了看,鼓起勇气说是她。

"之前见过这东西吗?"菲尔博士举起硬纸盒。

"见过,"莱娜答道,"她昨天早上买的。"

"她?"

"玛乔丽小姐买的，"莱娜被同伴突然推了推，才说，"她昨天一大早上街去买的，回来时我正在整理房间，所以我知道。"

"这算是线索吗，先生？"帕梅拉很热心。

"是的。你知不知道她买来做什么用？"

莱娜瞪着眼说："她把它放在梳妆台抽屉里，就是你刚才打开的那个，如果你是从那儿拿出来的，最好再放回去。"

"后来你见过这东西吗？"

"没有。"

莱娜表现得相当害怕，但帕梅拉则截然不同。

"我见过。"她自告奋勇。

"你见过？什么时候？"

"昨晚十一点四十五分。"帕梅拉立刻回答。

"哇！"菲尔博士如释重负，语气粗暴得连帕梅拉都往后一缩，莱娜更是面如土色。"对不起，非常抱歉。"他连连摇手，反而让两名女仆更为惊恐。波斯维克瞪着他。

"你最好小心点，"莱娜气呼呼地说，"你会被关进监狱的，肯定会。"

"我不会坐牢吧？"帕梅拉问道，"会吗？"

"当然不会，"菲尔博士再次安抚她，"能不能谈谈这件事？说说你了解的情况。"

帕梅拉沉默了一会儿，偷偷朝同伴做了个胜利的鬼脸。"当时我来帮切斯尼先生拿那个灯泡，"她解释，"昨晚我值夜，一直在听收音机——"

"收音机在哪里？"

"在厨房。我从厨房出来正要上楼,这时切斯尼先生从书房走出来。"

"然后呢?"

"他说,'喂,你在干什么?你应该去睡了。'我解释说我一直在听收音机,马上就去睡。他刚要说点什么,但英格拉姆教授正好走出图书室。切斯尼先生问我,'你知道玛乔丽小姐今天买的摄影灯泡吗?放在哪里?'我确实知道,因为莱娜告诉我——"

"别把责任推给我。"莱娜喊道。

"噢,别胡闹!"帕梅拉忽然不耐烦起来,"这有什么关系?我说灯泡在楼上。切斯尼先生说,'嗯,麻烦你去帮我拿来好吗?'我就照办了,把东西拿下来给他,那时他正和教授聊天,我就去睡了。"

菲尔博士还想接着提问,却被莱娜打断。

"我才不管有没有关系,"莱娜大声喊,"我只知道我很不舒服,我不想东拉西扯,其实都在说她的闲话。"

"莱娜!小点声!"

"不,我偏要大声说。"莱娜抱着双臂,"他们说她干了那些事,我根本不相信,要不然我爸爸绝不会让我在这里多待一分钟,这是我爸爸亲口说的。反正我也不怕她。我一点也不怕她。但她跟别人做事的方式不一样,所以他们才对她指指点点。为什么昨天她单独跑去英格拉姆教授家,半个早上和大半个下午都待在那儿,而她的男朋友,那个长得很帅的,却坐在这里?以前还有好多次,她本该去参加莫里森太太的读书会,结果却跑去伦敦，这又怎么说？她是去见某个男人，错不了。"

波斯维克警司第一次表现出兴趣。

"去伦敦？去伦敦是怎么回事？"

"噢，我知道。"莱娜神秘兮兮地说。

"我问你，这是什么时候的事？"

"具体时间无所谓，"莱娜的情绪被彻底调动起来，郑重得几乎有点哆嗦，"她是去见男人，不会错。这又不是坏事。"

"你给我听好，"波斯维克的火气也上来了，"如果不想惹上麻烦，就别跟我们绕圈子。为什么之前你没跟我说这些？"

"因为我爸爸说如果我敢跟别人提起，他非得揍死我不可。再说，都过去五六个月了，跟现在的案子没关系。你不会感兴趣的，波斯维克先生。我的意思是，如果我们都像她那样——"

"她去伦敦见的男人是谁？"

"拜托，我们可以走了吗？"帕梅拉边插话边用手肘戳了戳同伴的肋骨。

"不行，说清楚才能走！她去伦敦见的男人是谁？"

"我真的不知道，我又没跟踪她。"

"她去伦敦见的男人是谁？"

"噢，非得这么凶吗？"红发女孩睁大眼睛，"哎，我真的不知道，我也不该知道，就算你把英格兰银行里的钱全都送给我也没用。我只知道那男的在实验室之类的地方工作，因为他会写信来。不，你们别想太多，地址是用打字机打在信封上的！我只知道这些。"

"实验室，嗯？"波斯维克缓慢而凝重地重复。他的语气为之一变:"现在你们可以走了,到外头等着,需要的话我会再叫你们。"

她们如获大赦,莱娜终于忍不住啜泣起来。昨晚的一连串事件确实令人难以承受,虽然她们的压力来得晚了些。相对更加冷静的帕梅拉关切地搀着莱娜出去了。波斯维克擦了擦额头。

"实验室,嗯?"他盘算着。

"是不是觉得有点意思?"

"啊,告诉你吧,我看我们总算要走运了,之前百思不得其解的问题——她从哪里弄到毒药——现在有了答案,"警司说,"按我的经验,无论好运还是霉运,来得都很突然,运气这东西就这样。实验室!哇,老天有眼!我——这位小姐是不是有化学家情结?先是这家伙,然后是哈丁先生……"

艾略特下定决心。

"这家伙就是哈丁。"他说,随后解释了来龙去脉。

他解释的过程中,波斯维克的眼睛越睁越大,菲尔博士则面色沉郁地望向窗外,艾略特估计这件事博士早已知悉。他回想起今早的情形,菲尔博士打断他和玛乔丽的谈话,恐怕当时博士已听到了不少内情。但此时波斯维克冲他吹了声悠扬绵长、颇富韵律的口哨。

"你——知道这件事有多久了?"波斯维克质问道。

"用你的话说,是在她试图勾引一名警官的时候。"

(他察觉到了菲尔博士投来的视线。)

"噢,啊,"波斯维克恍然大悟,"所以就只有——算了。"警司微微叹气,略显不悦,"关键是,我们现在基本破案了,水落石出。我们知道她获取毒药的来源：她是从哈丁先生那里弄来的。她很可能去过他的实验室，什么都能拿到；她想要什么都可以偷出来，究竟谁更精明？呃？或者——"他略一停顿，脸上布满阴郁而凝重的神色，"现在我怀疑——？我怀疑——？哈丁先生谈吐很有分寸，但这事可能比我们所想象的还要复杂得多。如果他们从一开始就在欺骗我们怎么办？如果她和哈丁先生一起策划了整件事？你怎么看？"

"我觉得不可能两边都沾。"

"什么？"

"哎，既然要分析案情，"艾略特几乎快要吼出来，"现在的前提是你只有这一个案子。结果呢？一开始说她单独杀人，然后说她与埃密特合谋，现在又变成她杀了埃密特、与哈丁合谋。上帝啊，我们不能理智一点吗？难道她在玩游戏，碰见谁就跟谁合谋杀人？"

波斯维克悠然地将手插进衣袋。

"哦？老弟，你这么说究竟什么意思？"

"我说得还不够清楚吗？"

"不，老弟，不够。最起码，你只说清了一些问题，却没有说清其他问题。听上去你好像仍然不相信这位小姐有罪。"

"事实上，"艾略特答道，"你说得很对，我仍然不相信。"

轻微的碰撞声。向来粗枝大叶的菲尔博士刚刚把玛乔丽梳妆台上的一瓶香水碰到地上。他弯腰检查，发现瓶子没破，就没捡起来。他直起腰，神色愉悦，轻松得犹如火炉上升起的一缕青烟。

菲尔博士说："唯一活下来讲述故事的人，是来自鲁文的屠夫，可怜的贝罗德。王座上的诸王统治着大地——"[1]

"什么意思？"

"哈！"菲尔博士如人猿泰山般捶着胸，然后才放下他那引经据典的做派，喘了两口气，指着窗户，"我们最好定个行动计划，"他说，"最好决定该攻击谁，该攻击什么地方，以及为什么要攻击。威尔斯小姐、哈丁先生、切斯尼医生这会儿正开车进来。所以有必要和他们聊聊。不过有件事我得先说：艾略特，我的朋友，我非常高兴听到你刚才那番话。"

"高兴？为什么？"

"因为你说得很对，"菲尔博士言简意赅，"那女孩在这几起命案中没有任何罪责。"

鸦雀无声。

为了掩饰大脑的一片空白，艾略特拉开最近一扇窗户的窗帘，朝外望去。下方是贝勒加大宅前院平整的草坪、平整的车道，以及朝向马路的低矮石墙。哈丁正开着一辆敞篷车驶进铁门。玛乔丽坐在他身旁的副驾驶座上，切斯尼医生则坐在后座。虽然距离有点远，但艾略特仍注意到一件怪事：切斯尼医生虽

---

1. 1120 年 11 月 25 日，一艘大船"白船号"在英吉利海峡触礁沉没，诺曼王朝的国王亨利一世唯一的儿子威廉王子及其大批随从丧生。这场海难中唯一的幸存者是一名来自鲁昂的屠夫贝罗德，他上船是为了找旅客中的一位贵族讨债。威廉王子之死改变了英格兰政局，亨利一世只得改立唯一的女儿玛蒂尔达为继承人。亨利一世死后，他的侄子，因腹泻而没有登上"白船号"的斯蒂芬篡夺了王位。此后，玛蒂尔达与斯蒂芬达成协议，她的儿子继承王位，史称亨利二世，开创了金雀花王朝。后世有学者认为，"白船号"海难并非意外，而有可能是斯蒂芬针对威廉王子的政治谋杀。博学的菲尔博士一贯爱好引经据典，或许在此暗示存在阴谋。

然身穿黑西装，扣眼里却别着一朵白花。

艾略特没有去看波斯维克的表情。

"你的计划是，"菲尔博士又说，"你想全力以赴攻击她，你准备在她面前挥舞那支注射器，对她狂轰滥炸，直到她招供为止。你想抄最近的路，把她逼疯，迫使她做傻事。唔，我的建议是：别这么干。除开她无罪这一点，什么都别说——"

波斯维克盯着他："所以你也中招了。"他语气沉重。

"是的，"菲尔博士说，"老天在上，是的！我来这里就是为了避免殃及无辜，否则我还有什么用处？请你牢记。我告诉你，如果你过于激进，亲手把人逼到自杀的地步，案子就全完了。到时候只会追悔莫及，因为那女孩无罪，我可以证明。误导我们的是一条我记忆中最大、也最醒目的'红鲱鱼'！——哇！——现在你该听听真相。噢，别再惦记什么见鬼的实验室，玛乔丽·威尔斯和命案无关。她并没有从哈丁的实验室偷窃、借用或是获取任何毒药，而且，恕我直言，哈丁自己也同样没有。我说得够清楚了吧？"

不知他是兴奋还是烦躁，总之他往窗户的方向挥了挥手，于是众人都目睹了楼下发生的一幕。

车子沿着车道缓缓驶来，离大宅前门还有二十英尺左右。哈丁低头看着脸泛红晕、踌躇不定的玛乔丽，对她说了些什么。哈丁没有朝后视镜里观察他身后的情形——其实他也没有任何理由要那么做。后座上的乔·切斯尼医生身体前倾，双拳抵住双膝，面带微笑。所有细节都在观众们眼中一览无余：雨后湿润的草坪，道旁挂着黄叶的栗子树，以及切斯尼医生微醺的笑容。

切斯尼医生看了一眼大宅,取下扣眼里的白花,丢到车道上。他在后座上微微摇晃着,把手伸进外套口袋。他从口袋里掏出一支点三八口径左轮手枪。笑容仍停留在他斑驳的脸上。他倾身向前,将手肘稳在椅背上,枪口抵住乔治·哈丁的脖颈,扣动扳机。枪声惊得鸟儿们飞离了葡萄藤,伴随着一阵咳嗽和车身的剧烈晃动,车子熄火了。

第17章

白色康乃馨

波斯维克警司比艾略特足足大了二十岁，但他只比艾略特慢一两步冲下楼。最初那一瞬间，艾略特怀疑眼前这一幕是否纯属幻觉，会不会只是安静的前院草坪上出现的海市蜃楼，就像马库斯·切斯尼导演的幻象一样。但驾驶座上的哈丁一声惨叫，歪倒下去。这不是幻觉。

事发突然，幸亏玛乔丽及时拉住手刹，车才熄火了，只差一丁点就要撞上前门的台阶。艾略特赶到时，切斯尼医生已从后座上站起，显然已经清醒。艾略特本以为会看到哈丁脑部中枪、横尸车旁，但现实是哈丁摸到车门把手，推开车门，手脚并用地爬过车道，瘫倒在草坪上。他的双肩直耸到耳根，鲜血从颈后顺着衣领流出，那种触觉吓得他陷入癫狂。他语无伦次地迸出一连串含糊凌乱的词句，若换作另一个场合，这景象将会极其可笑。

"我中枪了，"他的声音微弱得近乎耳语，"我中枪了，哦，我的天，我中枪了。"

随后他脚后跟蹬了两下，在草坪上翻了两圈，艾略特这才知道，他没死，连半死都算不上。

"躺着别动！"艾略特说，"躺好——"

哈丁的哀号中带上了恐惧。无独有偶，切斯尼医生也前言不搭后语。"走火了，"他交出手枪，一再坚称，"走火了。"他似乎想通过再三重复来加深听众对这可怕消息的印象：手枪是自己走火的。

"我们刚才看到了，先生。"艾略特说，"是，你中枪了，"他告诉哈丁，"但你没死，对吧？你想想自己死没死？喂！"

"我——"

"让我看看。听着！"艾略特抓着哈丁的肩膀，哈丁则呆滞、茫然地看了他一眼。"你没事，听见了吗？他的手臂不知怎么震了一下，你的脖子被子弹擦破了皮，受了灼伤，但你只是皮外伤而已，伤口一点也不深。没有大碍，听清了吗？"

"算了，"哈丁喃喃应道，"不怪谁，还是面对现实，向前看吧，呃？哈，哈，哈。"虽然他貌似没听见艾略特的话，自言自语的节奏既麻木，又平静得有点滑稽，但却给艾略特留下了全新的印象：一个敏锐的大脑已经接收到了伤情诊断信息，并在恐惧未消的情况下立即予以解读，随即意识到自己的可笑之处，便又灵机一动，顺水推舟刻意表演起来。

艾略特放开他的肩膀。

"你来给他检查一下吧？"他问切斯尼医生。

"我的包，"乔医生咽了一两次唾沫，朝前门晃了晃手腕，"黑色的包，我的，放在楼梯底下。"

"什么和什么啊。"哈丁乖乖地说。

艾略特无法不佩服他。因为哈丁在草地上坐起来，笑了。

虽说伤情总体无碍，但被火药灼伤的伤口是非常疼痛的，如果伤口再深半英寸，便极有可能致命；而且他流了很多血。然而哈丁虽仍脸色惨白、面容变形，但看上去竟十分享受。

"你枪法真烂，乔医生，"他说，"这么近都打不准，以后可没机会了。呃，玛乔丽？"

玛乔丽下车奔向他。

切斯尼医生也朝这个方向疾步走来，恰好和她撞到一起，晃了几下，猛地站住，瞪大了眼睛。

"天呐，你该不会以为我是故意的吧？"

"怎么不可能？"哈丁咧着嘴笑，"别怕，玛乔丽，只是挂了点彩。"他的双眼睁得很大，目光专注，乌黑的眼珠闪着光；他拍拍她的肩，居然有点高兴，"不，不，对不起，我知道你不是故意的，但手枪走火给人脖子后面来上这么一下，可一点也不好玩。"

艾略特只听到这些，因为他进屋去拿医生的提包了。当他返回时，惊魂未定的切斯尼医生正向波斯维克追问同样的问题。

"你不会以为我是故意的吧，警司？"

波斯维克的脸色比平时更为严肃。他冷冷答道：

"我不理解你的意思，我只知道我看见了什么。我站在那边窗口，亲眼看着你从口袋里主动拿出手枪，指着哈丁先生的脖子，然后——"

"但我是开玩笑而已，枪里没子弹！"

"真的没有？"

波斯维克转过身。前门两侧各有一根装饰柱，漆成暗黄色，支撑门廊上方三角形的拱顶。子弹嵌在左侧的柱子里。之前由于医生的手抖了一下，子弹从哈丁和玛乔丽中间穿过，躲开了挡风玻璃；玛乔丽奇迹般地幸免中弹。

"但枪里没装子弹，"切斯尼医生一口咬定，"我敢发誓！我知道。我先前扣过好几次扳机，都没出问题，当时我们在——"他停住了。

"在什么地方？"

"算了。老兄，你该不会以为我能干出这种事吧？那，那我不就成了……"他吞吞吐吐，"……杀人凶手。"

切斯尼医生那百分百难以置信的口吻，以及他指着自己、几乎快要爆笑出声的样子，倒也颇有几分说服力。他的语气带着童稚天真，俨然一个陷入诬告者包围圈的好人。他像是端着酒水请大家饮用，却被人们一一拒绝，既受了惊吓，又受了委屈，就连他那棕黄色的短须也根根直竖起来。

"我扣过好几次扳机，"他再三强调，"枪里本来没装子弹。"

"如果确实如你所说，弹仓里本来有一颗子弹，你只是把它转到了合适的位置，"波斯维克说，"但这不是重点。你为什么要随身携带一支装了子弹的手枪？"

"枪里没装子弹。"

"不管装没装子弹，你为什么随身带枪？"

切斯尼医生张开嘴，然后又闭上了。"只不过开个玩笑。"

他说。

"开个玩笑？"

"算是开玩笑。"

"你有持枪证吗？"

"唔，其实没有，但我很容易就可以去办一本。"切斯尼医生哼了一声，突然变得粗鲁起来，使劲戳戳胡子，"你胡扯些什么？如果我想枪杀什么人，难道非得在房子外头掏枪、开枪？愚蠢，荒谬。再说，难道你想让我的病人死在我手上？你看看他，流血流得像头猪！别烦我，把包给我。乔治，跟我进去，如果你还信任我的话。"

"走吧，"哈丁说，"我就赌一把。"

虽然波斯维克怒不可遏，但他也无从干涉。艾略特注意到，菲尔博士正晃晃悠悠地从房子里出来，哈丁和切斯尼医生进屋时，双双向他投去惊讶的一瞥。

波斯维克转向玛乔丽。

"那么，小姐。"

"什么事？"玛乔丽冷冷问道。

"你知不知道你舅舅为什么带着枪？"

"他说了，只是开个玩笑。你又不是不了解乔舅舅。"

艾略特又一次看不透她的态度。她靠在车旁，似乎专心忙着在车道上蹭掉鞋底黏着的几个小白点。她匆匆瞄了他一眼。

艾略特走到愤怒的警司面前。

"整个下午你都和你舅舅在一起吗，威尔斯小姐？"

"是的。"

"你们去了什么地方？"

"去兜风。"

"去哪里兜风？"

"只是——随便转转。"

"在什么地方停过车吗？"

"一两家酒吧。还去了英格拉姆教授的小屋。"

"他掏枪射击之前，你是否看见过那支手枪？"

"这就得问他了，"玛乔丽依然淡淡地答道，"我什么都不知道。"

波斯维克警司脸上分明写着："我的天，你居然不知道？"但他还是稍稍克制，"无论你是否知情，小姐，"他大声说，"我们有一两个问题——是关于你本人的——你应该能够回答。"

"哦？"

警司身后的菲尔博士露出凶狠的神情。他鼓起腮帮子正要说话，却被意想不到的人打断。女仆帕梅拉打开前门，探出头，伸手指了指在场的所有调查者，嘴唇迅速动了几下，并没发出声音，然后又把门关上。除了玛乔丽，只有艾略特看见了这一幕。两个声音几乎同时响起。

"原来你们翻了我的房间？"玛乔丽问。

"原来你用了这种方法！"艾略特说。

如果想用一句话吓坏她，没有什么比这句话效果更好。她扭过头，他发现她眼中闪着奇特的光芒。她立即问道：

"用什么？干什么？"

"表面上你会读心术，而实际上，你用的是读唇术。"

玛乔丽深感震惊。"噢，你是指你把可怜的乔治喊作'卑鄙之徒'的时候吧？"她很不高兴地说，"对，对，对，我的确精通唇语，可能这是我唯一的特长。是一位从前在我们家干活的老人教我的，他住在巴斯，他——"

"是托勒伦斯吗？"菲尔博士问道。

后来，波斯维克承认，当时他以为菲尔博士疯了。仅仅半小时之前博士看上去还挺正常，而且波斯维克对他在"宝剑八"和"索命时钟"等案件中的表现记忆犹新、心怀敬意。但从刚才在玛乔丽·威尔斯卧室中的那番对话看来，菲尔博士的脑子恐怕出了点问题。此刻他说出"托勒伦斯"这个名字时，简直喜不自胜、洋洋得意。

"全名是亨利·S.托勒伦斯？住在亚文街？是波纳什酒店的服务员？"

"没错，但是——"

"世界真的太小了，"菲尔博士从牙齿缝里挤出声音，"听到这个名字，我的耳朵简直无比舒畅。今早我刚对我的朋友艾略特提及这位善良但听觉不太灵光的服务员。最初向我透露你舅舅死讯的人就是他。小姐，你应该感激托勒伦斯，珍惜托勒伦斯，到了圣诞节寄五先令答谢他，那是他应得的。"

"你究竟在说些什么？"

"因为他将会作证是谁杀了你舅舅，"菲尔博士话锋一转，口吻顿显严肃，"或者，至少他有义务为此作证。"

"你该不会认为我是凶手吧？"

"我知道你不是。"

"但你知道凶手是谁？"

"我知道。"菲尔博士点点头。

她盯着博士看了好长时间，目光波澜不惊，就像一只猫。然后，她伸手到车前座上去拿手提包，像是准备冲进屋里。

"他们相信吗？"她忽然朝波斯维克和艾略特的方向点头问道。

"小姐，现在我们什么都不相信，"波斯维克厉声说，又望向艾略特，"但警督来这里（请注意，是来这里）的目的很明确，要问你几个问题——"

"关于皮下注射器的问题？"玛乔丽说。

她手指的哆嗦似乎已扩散到全身。她盯着手提包的搭扣，打开，关上，连续的咔嗒声透露出紧张；她低着头，把脸藏在灰色软帽的帽檐下。

"被你们发现了，"她清清喉咙，"我也是今天早上才发现，在珠宝盒底部。我想把它藏起来，但却想不出藏到家里什么地方更合适，又不敢把它带出去。这种东西该怎么处理呢？无论放到哪里，怎么能保证我的举动不被人发现？上面没有我的指纹，即便原来有，现在也没了，因为我把它擦了一遍。但将它藏在珠宝盒底部的人不是我。我没干。"

艾略特从口袋里拿出信封，好让她看清里面的东西。

她没有看他。他们之间的默契，即便曾经存在，此刻也已荡然无存。联结他们的绳索断开了，取而代之的是一堵新的高墙。

"是这支注射器吗，威尔斯小姐？"

"是的，应该就是它。"

"这东西是你的？"

"不，是乔舅舅的。至少像是他用的那种。上面有'卡特莱特公司'的商标，还有型号和编码。"

"能不能先忘掉注射器？"菲尔博士无奈地问，"甚至从根本上忘掉注射器这回事？该死！重点是查出谁把它放进珠宝盒，至于它原来属于谁，上面有没有指纹，具体被放进珠宝盒的过程，这些有意义吗？我看没有。但如果威尔斯小姐真的相信我刚才说的话，"他紧盯着她，"她可以跟我们聊聊手枪的事。"

"手枪？"

"我的意思是，"菲尔博士说，"你可以告诉我们，今天下午，你、哈丁和切斯尼医生究竟去了什么地方。"

"你不知道？"

"老天，我不知道！"菲尔博士做了个鬼脸，大吼一声，"或许我错了。这只是心情的问题。切斯尼医生的心情，哈丁的心情，你的心情。看看你自己。如果我是头蠢驴，你大可直说。但线索很明显。"

他举起手杖，指向车道上的那朵白色康乃馨——就是之前车开近大宅时，切斯尼医生从扣眼里取下丢出车外的那朵。接着菲尔博士又将手杖往下一指，点了点玛乔丽的鞋。玛乔丽本能地抽脚一躲，但鞋底的小白点却随之粘在手杖的镏头上。

"当然，他们不会朝你抛彩色纸屑，"博士说，"但我记得，城堡街的婚姻登记处门外人行道上常常落满彩纸。而今天又下过雨——非得逼我把话挑明吗？"他厉声问道。

玛乔丽点点头。

"没错，"她冷冷地说，"乔治和我今天下午在布里斯托尔登记结婚了。"

没人说话，安静得几乎能听见大宅内的杂音。于是她又说："我们前天去城堡街的登记处预约。"她稍稍提高音量，"我们——我们打算对婚事保密，保密一年。"她的声音又大了些，"但既然你们几位侦探如此聪明，而我们在你们眼中又是罪大恶极的嫌疑犯，那好吧，被你猜到了。"

波斯维克警司瞪着她。

随即，震惊之余，他也不再拐弯抹角。

"小姐，天呐！"他的语气中充满了怀疑，"我不相信，难以置信。虽然我觉得你有嫌疑，但我们可没料到这一层，我做梦也想不到你会去登记结婚，而且医生还同意你去。我可搞不懂了。"

"难道你不支持婚姻，波斯维克先生？"

"支持婚姻？"这几个字对波斯维克似乎毫无意义，"你们什么时候做的决定？"

"本来定在今天，我们商量好，只须到婚姻登记处低调办个手续，因为乔治很反感教堂婚礼那一套。后来马库斯舅舅死了，我觉得很——很——哎，总之，今天早上我们决定不管那么多，说去就去。我有我的理由。告诉你，我有我的理由！"

她几乎是冲着波斯维克尖叫。

"天呐，"波斯维克说，"不敢相信。我和你们家是十六年的老交情了，恕我直言，切斯尼先生甚至还没下葬，医生居然就同意你结婚——"

她后退了。

"呵呵，"玛乔丽眼中含泪，"难道没人恭喜我，或者至少祝我幸福吗？"

"我祝你幸福，"艾略特说，"真心的。"

"哈丁太太，"菲尔博士郑重地说，这称呼倒令她吃惊地一缩，"不好意思，我是出了名的粗枝大叶，所以难免笨嘴拙舌，请不要见怪。我衷心地恭喜你，而且，我不光祝你幸福，我还要向你保证，你一定会幸福。"

玛乔丽的心情顿时阴转晴。

"我们会不会太多愁善感了？"她边喊边做了个讽刺的鬼脸，"这里有位愚蠢至极的警察，"她看向波斯维克，"突然想起他和我的家人很熟，至少是和切斯尼家很熟，而且巴不得拿绳子绞死我！我结婚了。没错，我结婚了。我有我的理由。你们或许并不了解，但我有我的理由。"

"我只是说——"艾略特开口。

"不必，"玛乔丽冷若冰霜地打断他，"你想说的都说过了。所以现在你大可板着脸站好，当一只自命不凡的猫头鹰。就像英格拉姆教授那样。我们开车路过他家，请他当第二证婚人，你真该看看他当时的表情。'不行''不可以''噢，不不不'，太可怕了。他根本不支持我们。

"差点忘了正事。你们不是想了解手枪的问题吗？我两三句话就可以说清楚。那真的是个玩笑。乔舅舅的幽默感可能不太高雅，但至少他比别人更努力营造气氛。乔舅舅觉得假扮一场早已'奉子成婚'的婚礼[1]会很好玩，他会把枪藏在登记人员看不到，但我们能看到的地方，而且他想假装自己是为了确保乔治'对我负责'才跟我们一起去的。"

波斯维克啧啧两声。

"哦，啊！"他似乎松了口气，"怎么不早说？你的言下之意是——"

"不，我没有什么言下之意，"玛乔丽的语气近乎温柔，"你想到哪儿去了！我是为了避免因谋杀罪被绞死才去登记结婚；而你竟以为我是因为和乔治已经'生米煮成熟饭'才要结婚。真有意思。"她露出笑容，"不，波斯维克先生，虽然在你看来我干了很多坏事，但我现在还是纯洁之身——没想到吧？这是个怎样的世界啊。算了，不谈这些。你想了解手枪的事，我已经告诉过你。我不知道枪里怎么会有子弹，很可能是乔舅舅粗心大意；但这次纯属意外，没人打算杀人。"

菲尔博士礼貌地问："这是你的看法？"

以玛乔丽的机敏，也没能在第一时间捕捉到他的言下之意。

---

1. 原文为 "a shotgun wedding"，英语习语，指因女方怀孕而仓促举行的婚礼。乔·切斯尼携带手枪，是为了让这个玩笑更真实。

"你是指乔治受伤并不是——"她旋又改口，"你该不会想说，这也是凶手策划的？"

菲尔博士点点头。

夜幕降临贝勒加大宅。东边的小山渐渐转为灰色，但西方的天空依然一片火红；这片天空遥对着音乐室与书房的窗户，也遥对着楼上威尔伯·埃密特卧室的窗户。艾略特偶然想起，昨晚切斯尼医生曾从其中一扇窗户探出头。

"还有事吗？"玛乔丽低声问，"如果没有，我要走了。"

"请便，"菲尔博士说，"但今晚还得麻烦你。"

她离开了，其余三人则站在黄色柱子的弹孔旁。艾略特没有多留意她。后来他回忆，那些窗户迎向落日余晖的景象，仿佛也在他心中打开了一扇窗。又或许是玛乔丽·威尔斯的所言、所思、所为，令他触景生情，从麻木不仁的精神状态中挣脱出来。他的判断力犹如一袭'啪'的一声打开的百叶帘，终于得以释放。在此神智复苏之际，他不禁咒骂自己，咒骂自己所做的一切。他是怎么一步步沦落到这个地步，已经非常明显。这段时间，他不是警察，而是该死的笨蛋。但凡可能走错路的地方，他都走错了；但凡可能会错意的地方，他都想歪了。如果上帝允许每个人一生中犯蠢一次，那么他已经用掉了这个机会！但现在——

菲尔博士转过身。艾略特察觉到博士犀利的小眼睛正盯着他。

"哦呵？"博士突然说，"你想通了？"

"是的，想通了。"

他朝着空气挥出一拳。

"既然如此,"菲尔博士温和地说,"我们不如回酒店讨论。可以走了吗,警司?"

艾略特再次咒骂自己,然后开始在脑中重新梳理证据。他太过专心,所以走向车子时,菲尔博士吹口哨的旋律只是隐隐约约飘到他耳朵里。那段旋律会令人忍不住跟着哼起来。其实,那是门德尔松的《婚礼进行曲》;但那曲子从未像此刻这样,听起来充满不祥的预兆。

第 18 章

毒杀的艺术

当晚八点，四人围坐在艾略特投宿的"蓝狮"旅馆房间的壁炉周围，菲尔博士开始发言。

"现在我们已经知道，"他伸出手指盘点着，"谁是凶手，他的作案手法，他的作案动机。我们知道这一系列谋杀都是他独自完成的杰作，没有任何同伙。我们掌握了可以将他绳之以法的铁证。案件即将水落石出。"

波斯维克警司信心满满地咕哝了两声。

克罗少校满意地点点头。

"一切都美妙极了，"他说，"但一想到这家伙就在我们之中兴风作浪——"

"顿时就很煞风景。"菲尔博士接话，"的确如此。警司也正为此烦恼。这种影响虽不造成实质损害，但总会波及它所碰触的一切事物。无论你是端起茶杯，还是开车，或是去买相机胶卷，你的一举一动都会因这种影响而出点差错。世界的平静一隅也会被搅得天翻地覆。花园里发生枪击事件，而瞠目结舌的在场众人之前甚至没见过枪。街上有人扔石头。一只蜜蜂在警察局长的帽子底下嗡嗡叫，另一只在警司帽子底下。这一切都源于那人一手掀起的风浪。"

菲尔博士掏出怀表看了一眼，放到身旁的桌上。他从容地填满烟斗，点燃，吸了一口，继续说道：

"因此，当你们专心研究证据的时候，我倒想探讨毒杀的艺术，给各位一些提示。

"鉴于我要阐释的毒杀艺术是本案的核心，首先，我们不妨将这部分凶手放在一起讨论。奇怪的是，我还从未见谁将他们归于一类，虽然他们的性格特征惊人相似，甚至可视彼此为精致的复制品。为人妻者永远都应警惕这种人，他们是生来的伪君子——我指的是男性毒杀者。

"女性毒杀者也非常危险（天知道）。但男性毒杀者对社会的威胁更大，因为除了毒杀手段的隐秘性，他们还拥有魔鬼般的统治力，拥有将商业原理付诸实践的能力，拥有使用砒霜或番木鳖碱牟取利益的欲望。虽然他们这个群体规模很小，但却臭名昭著，而且他们简直是一个模子刻出来的。当然，也有个别无法归类的例外，比如塞登 [1]。但我认为，如果从现实生活中提取十来个著名的案例，就会发现他们几乎都带着同样的面具，邪恶的脑回路也如出一辙。索布里克洛斯的这名凶手，就属于这类人。

"首先，这些男人往往想象力丰富，受过良好教育，甚至极

---

1. 需要说明的是，这份名单中没有克里平。笔者是特意将其排除在外的。很多人始终怀疑，克里平从未蓄意杀害贝莉·埃尔默，过量的东莨菪碱只是意外。著名律师爱德华·马绍尔·霍尔爵士即持这一观点（参见爱德华·马乔里班克为其撰写的传记）。克里平拒绝采用意外死亡的辩护策略，因为那有可能牵连到他的情人埃塞尔·德尼芙。——约翰·迪克森·卡尔

有修养。从他们的职业便可见一斑。帕尔默、普理查德、拉姆森、布坎南、克里姆都是医生。里奇森是牧师，韦恩莱特是艺术家，阿姆斯特朗是律师，霍克是药剂师，韦特是牙医，瓦奎尔是发明家，卡莱尔·哈里斯是医学院在读学生。[1]

"我们的兴趣立刻被挑起来了。

"我们根本不关心在酒吧里殴打别人的目不识丁的蠢货。文化程度较高的罪犯更令人感兴趣。当然，说到底我不否认，以上绝大部分（如果不是全部）罪犯都是蠢货。但他们蠢得比较迷人，他们的想象力令人折服，行动力也是第一流的，其中一些人的作案手法，或是为自己洗脱嫌疑的计策，可谓相当高明。

"乔治·哈维·拉姆森医生、罗伯特·布坎南医生、阿瑟·沃伦·韦特分别于 1881 年、1882 年、1915 年犯了谋杀罪，动机均为谋财害命。我们知道，那个时期侦探小说还处于起步阶段。但他们的作案手法可不简单。

"拉姆森医生谋害的是年仅十八岁的残疾侄子。他在葡萄干里加了乌头碱，作为水果蛋糕的烘焙辅料。他胆大包天，竟在那孩子和孩子学校的校长面前切蛋糕，三人围坐在茶几旁各吃了一块；拉姆森意图由此洗脱自己的嫌疑，虽然中毒的只有男孩一人。这种手法我似乎在小说中读到过。

"布坎南医生用吗啡毒害妻子。吗啡中毒者的瞳孔会缩小，所以这种毒药很难逃过法医的眼睛。布坎南医生深知这一点，便在吗啡中添加了少量颠茄制剂，用于防止瞳孔收缩，使得被害人表面上一切正常，进而从法医那里搞到了自然死亡的证明。

---

1. 本章中提到的这些人均为历史上真实案例中的毒杀犯。

这一手法十分巧妙，要不是布坎南医生自己在和朋友闲聊时漏了口风，他几乎就要逍遥法外了。

"看似天真无邪的凶手阿瑟·沃伦·韦特，企图用肺炎、白喉、流感病毒杀害他的岳父母，但见效太慢，最终他改用不那么隐蔽的毒药。不过，他起初的计划是在鼻腔喷雾器中添加肺结核杆菌，好让他的岳父染病而亡。"

菲尔博士稍作停顿。

他谈兴正浓，完全沉浸在这番演说中。倘若哈德利警司在场，一定会大喊大叫，制止他的高谈阔论。但艾略特、克罗少校和波斯维克警司唯有频频点头。索布里克洛斯毒杀案凶手的轮廓已渐渐清晰。

"那么，毒杀犯最显著的特征是什么？"菲尔博士继续说道，"他的人品在朋友中口碑极佳。他性情开朗，慷慨大方，乐于助人。有时他可能稍有些道德洁癖，恪守宗教信条和公序良俗，但好友们并不介意，因为他本来就是个极有分寸的人。

"托马斯·格里菲斯·韦恩莱特，非常重视社交礼仪，堪称百年前最懂得待客之道的主人；而他毒杀别人以攫取他们的保险金。鲁格里镇的威廉·帕尔默自己滴酒不沾，却特别喜欢请朋友喝酒。波士顿的克拉伦斯·里奇森牧师所到之处无不受到信徒们的欢迎。秃顶、留着棕色胡子的爱德华·威廉·普理查德医生被格拉斯哥兄弟会奉为偶像。你们看，这类特征与我们要找的凶手是否吻合？"

克罗少校点点头。

"是的。"艾略特深表认同。在"蓝狮"旅馆被炉火照亮的房间里，凶手的轮廓逐步成型。

　　"然而，在他们的性格深处，与展现在人前的那一面相反，他们对于他人的痛苦漠不关心——最可怕之处在于他们竟可随意对人生杀予夺——这远远超出了我们普通人所能想象的范围。或许最令人惊骇之处在于，他们不仅无视死亡本身，而且无视死亡过程中的极度痛苦。大家都听过韦恩莱特那句著名的回答，'你为什么要毒害阿贝克罗比小姐？''老实说，我也不知道，可能因为她的脚踝太粗吧。'

　　"当然，他是在虚张声势，但这的确反映了毒杀犯轻贱人命的态度。韦恩莱特想要钱，所以有人就得死。威廉·帕尔默需要一笔钱去赌马，所以他的妻子、他的兄弟、他的朋友活该服下番木鳖碱。在他们看来，这种因果关系不证自明。他们甚至还有一种'迫于无奈不得不为之'的心态。克拉伦斯·里奇森牧师睁着迷人的双眼，流着泪否认他娶埃德蒙兹小姐是贪图她的金钱或者地位；但他用氰酸钾毒杀原来的情人，以免她碍手碍脚。多愁善感的爱德华·普理查德医生花了四个月以酒石酸锑钾毒害妻子，却获利甚微；而他毒杀岳母到头来也只弄到了几千英镑；但他渴望自由，他是'万不得已'才下手。

　　"于是我们谈到毒杀犯的另一个特征：极度的虚荣心。

　　"所有杀人犯都有虚荣心。但毒杀犯的虚荣心尤为膨胀。他陶醉于自己的智商，自己的外表，自己的风度，自己欺骗他人的本领。他热衷于表演，恨不能成为众人瞩目的焦点，而且他往往确实称得上出色的演员。普理查德打开棺材吻别死去的妻子；卡莱尔·哈里斯在被押去上电椅的途中，还有闲心与牧师辩论科学与神学；帕尔默在调查者面前表现出义愤填膺的姿态。这类场面不胜枚举，其根源都在于虚荣心。

"虚荣心未必一眼可见。毒杀犯可能性情温和、人缘颇佳、极具学者风度，例如赫伯特·阿姆斯特朗律师，杀妻之后还试图毒杀事业上的对手，手法是喝下午茶时在烤饼上加砒霜。而当凶手的狂妄在调查过程中，或是在被告席上化为泡影时，情况更是不可收拾。男性毒杀犯的虚荣心表现得最突出之处，就是他拥有主宰女性的权力——或者说，他自诩拥有这种权力。

"我刚才列举的这些人，几乎全都具有（或是自认为具有）主宰女性的权力。阿姆斯特朗正是如此，虽然他隐藏得很好。韦恩莱特、帕尔默、普理查德动用这种权力去杀人。哈里斯、布坎南、里奇森则因这种权力才陷入困境。就连患有斜视的尼尔·克里姆都以女性的主宰者自居。他们的一切举动，很大程度上都源于极度的自负和炫耀的心态。'蓝胡子'式的凶手霍克，以钢笔中暗藏砒霜的手法杀害了好几任妻子。比弗利村的毒杀犯让·皮埃尔·瓦奎尔在码头上抚弄着他油腻的胡须阴笑不止，还有什么能比那场面更荒唐？瓦奎尔在酒馆老板的头痛药里加了番木鳖碱，以为凭借他操控女人的力量，便可将被害人的遗孀和酒馆据为己有。他被拖去行刑时还高喊'正义何在'，可能他还以为自己蒙受了天大的冤屈呢。

"层层分析下来，可以看出，这些人谋杀的动机，都与金钱有关。

"克里姆却是个例外。因为克里姆是疯子，他那些疯狂的勒索行径不可过于当真。但其他人的罪行，从根本上说都出于对金钱的渴望、对地位的追求。毒杀妻子或情人，是为了得到一个更富有的女人，原配就成了绊脚石——没有她，他或许活得更自在；没有她，他或许能更功成名就。在他看来，他早已功成名就了，这世界给他的回报却还不够。所以那多余的妻子或情人只是一个象征符号，她也可以是姑妈、隔壁邻居或者'水手巴纳克尔·比尔'。这类凶手的大脑已经腐烂，我想，索布里克洛斯的毒杀犯，也正是如此。"

一直注视炉火凝神思索的克罗少校猛地一动。

"的确，"他看向艾略特，"你已经证明了。"

"是的，我有同感。"

"但他所做的每件事都让人恨不得绞死他，"克罗少校咬牙切齿，"就连他没能逍遥法外的原因也那么可恨——如果我没理解错你的意思。他的表演之所以失败，是因为——"

"因为他企图改写整部犯罪史，"菲尔博士答道，"那永远不可能成功，相信我。"

"等等！"波斯维克说，"我跟不上你们的思路。"

"如果你动过用毒药杀人的念头，"菲尔博士神色肃然，"请牢记，在所有杀人方式中，下毒是最难逃脱制裁的。"

克罗少校瞪着他。

"慢着，"他反驳，"难道不是最容易的？你知道，我算不上你口中那种想象力丰富的人，但有时我会想——唔，听我说！我们周围每天都有人去世，医生开具的证明几乎都显示是自然死亡；但谁知道其中有多少可能是谋杀？我们不知道。"

"啊！"菲尔博士深吸一口气。

"你这个'啊'是什么意思？"

"我的意思是我听过这种论调，"菲尔博士答道，"或许你是对的，我们不知道。我只想强调'我们不知道'。你的观点很独特，激发了我的思路。我们假设，在维甘这个地方每年有一百人去世。你怀疑其中一部分可能属于中毒身亡。以此为前提，你向我提出质疑，认为毒杀是轻而易举的事。你的观点或许相当正确，全英格兰的墓园里或许躺满了嚷嚷着要报仇雪恨的尸体。够了！假设一件事真实存在之前，总该掌握确切的证据才行。"

"那你的看法是？"

"我们只能以确认无误的案例为讨论基础——"菲尔博士不慌不忙地说，"——也就是通过验尸发现中毒症状的情况。因此不难看出，毒杀是最难逍遥法外的犯罪，因为迄今为止能全身而退的毒杀犯寥寥无几。

"我的意思是，毒杀犯的性格特征，从一开始就注定了他的结局。他无法收手，永远都收不住手。当他第一次侥幸脱身之后，他会继续下毒，直到落入法网为止。前面提过的那些人都一样。背叛他的正是他自己的性格。你我杀人的方式也许是枪杀、刺杀、用棍棒击打或者勒毙，但我们不可能对锃亮的手枪、明晃晃的新匕首、裹了皮革的棍棒或是一条丝巾产生疯狂的迷恋，进而一用再用。但毒杀犯对于毒药的感情则不同。

"他面临的风险非常大。与普通的凶手相比，毒杀犯的风险系数要乘以三。与枪杀、刺杀不同，毒杀犯下手之后，任务还远未结束。他必须确保受害者活不到有机会揭发他的时候，这一层风险就不算小；他必须证明他根本没有机会接触毒药，也没有任何理由获取毒药，应付这第二层风险的难度非常大；他还得在不为人知的情况下弄到毒药，这可能是最最危险的一步。

"惨剧一次又一次重演。X 死亡的情形引起怀疑，已知 Y 有动机除掉 X，而且有机会接触 X 的饮食。尸体被送去解剖，发现了毒药。接下来只须追查 Y 如何买到毒药；后续一系列场景我们不难推想：逮捕，庭审，宣判，行刑。

"索布里克洛斯这位朋友很清楚这些。他无须对犯罪学有多么深入的了解，每天读报纸就足够了。因此，他精心设计了谋杀诡计，以三重不在场证明来抵消以上三层风险。他妄图达成历史上任何凶手都没能达成的目标。他失败了，因为聪明人（比如你们）有可能看穿他这套诡计中的细节破绽。现在我给你们看点别的东西。"

菲尔博士从内侧衣袋里摸出一个便笺盒，里面装满了各种各样的纸片。这些东西他总是塞在口袋里，随身携带。他从中找出一张信纸。

"之前我说过，"他接着说道，"马库斯·切斯尼前些天给我写了封信。我一直没拿出这封信，是为了避免影响你们的思路。信里藏有太多的证据，可能会严重误导你们。但现在既然真相已经明晰，是时候展示这封信了，看看你们怎么理解。"

他将信纸展平在桌上，放在怀表旁边。信的抬头写着"贝勒加大宅，十月一日"。接下来信中阐述了众人早已熟知的那套理论。但菲尔博士的手指指向结尾部分的一段话：

"所有的证人都如同戴着墨镜。他们既看不清、也说不清看到的究竟是什么颜色。他们不知道舞台上发生了什么，更不知道观众席里发生了什么。事后为他们播放一段黑白影片，他们就会相信你；但即便到那时，他们也说不清自己究竟看见了什么。

"不久后，我将在一群朋友面前进行一次小小的演出。如果进展顺利，过些天，你能否拨冗前来观赏？我知道你现在人在巴斯，若你应允，我会派一辆车去接你。我保证，你会被骗得团团转。但是，鉴于你是初来乍到，鉴于你对在场的人并不熟悉，公平起见，我给你一点小提示：请盯紧我的外甥女玛乔丽。"

克罗少校吹了声口哨。

"好，"菲尔博士咕哝着将信折起，"这封信，加上今晚我们即将看到、听到的东西，就足以结案了。"

一阵小心的敲门声。菲尔博士深吸一口气，看看表，环顾众人，所有人都点头示意准备好了。菲尔博士把表放下，门开了。一个熟人探头进来，他没穿平时的白大褂，所以看上去反而有点陌生。

"请进，斯蒂文森先生。"菲尔博士说。

第 19 章

解读影片

艾略特的车驶近贝勒加大宅，车上很挤，虽然波斯维克和克罗少校坐的是后面另一辆车。菲尔博士霸占了后座大部分地方，剩下的空间则被斯蒂文森奉命带来的大箱子占据。斯蒂文森本人坐在艾略特旁边，既兴奋又不安。

好吧，反正快结束了。艾略特猛拉手刹杆，看着灯火通明的大宅正面。不过他一直等到后头的车开过来，才去按门铃。夜很冷，泛起了薄雾。

玛乔丽亲自来开门。看见众人肃穆的模样，她迅速环顾四周。

"嗯，我收到你们的口信了，"玛乔丽说，"我们都在家，本来今晚也不打算出门。有什么事？"

"很抱歉打扰你的新婚之夜，"波斯维克仍不免提及此事，似乎依然耿耿于怀，"不过我们不会耽搁太久，很快就走。"

克罗少校冷冷地丢过来一个愠怒的眼神，波斯维克便不再嘀咕。

"警司。"

"长官？"

"请不要议论这位小姐的私事。明白吗？谢谢。"虽然克罗少校有些不自在，却还是尽量在玛乔丽面前表现出欢快的样子，"不过，波斯维克说对了一件事：我们会尽快把事办完。哈，哈，哈。没错，一定。我说到哪儿了？啊，对对，麻烦你带我们去见大家好吗？"

少校实在不擅长演戏。玛乔丽看看他，又看看斯蒂文森带来的大箱子，一言不发。她面带红晕，显然在晚餐时喝了白兰地。

她将众人领到氛围同样愉悦的图书室。图书室位于大宅后侧，令人舒心的传统装修风格，搭配开放式书架和一座以粗糙石材砌成的壁炉，暖心的炉火烧得正旺。炉前地毯上摆着一张牌桌，切斯尼医生和英格拉姆教授正围桌玩着双陆棋。哈丁窝在椅子里看报纸，颈后包裹的绷带使他的头看上去僵硬得很不自然。

切斯尼医生和哈丁都处于微醺状态，英格拉姆教授则很清醒。房里只亮着落地灯，相当温暖，充满咖啡、雪茄、大杯白兰地的气味。一局双陆棋已经结束，但英格拉姆教授仍漫不经心地往棋盘上掷骰子。

切斯尼医生两手平放在桌上，一张满是斑点的红脸东张西望。

"行了行了，"他吼道，"什么事？有事就说。"

艾略特见克罗少校点头示意，便开口说道：

"晚上好，先生。还有这位，以及这位。你们应该都见过菲尔博士吧。当然，你们也都认识斯蒂文森先生。"

"认得，"切斯尼医生依然左顾右盼，声音因为喝了白兰地而有些沙哑，"霍巴特，你带来的是什么东西？"

"他的放映机。"艾略特答道。

"先生，今天下午你迫不及待要看这部记录了切斯尼先生表演过程的影片，"艾略特对英格拉姆教授说，"我提议，如果大家都方便的话，不如一起看。斯蒂文森先生非常慷慨地带来他的放映机和配套器材，如果我们就在这里播放的话，大家应该都不反对吧。"他此刻的表达方式受过哈德利警司的特训，"观看这部影片的过程可能会让各位不太愉快，我为此致歉。但我保证，现在观看这部影片，对我们破案大有帮助，对各位也一样。"

英格拉姆教授往棋盘上掷出骰子，发出清脆的响声。他瞄了一眼点数，捡起骰子，望向艾略特。

"哎，哎，哎。"他嘀咕着。

"先生？"

"拜托，你不妨直说，"英格拉姆教授说，"这是不是所谓的——"他又掷出骰子，"——是不是法国警方'犯罪现场重建'那一套？以为卑鄙的罪犯会尖叫着当场认罪？别开玩笑了，警督，不会有什么结果，这是很拙劣的心理学把戏。至少在本案中是这样。"

他语气轻松，但潜台词却很严厉。艾略特微笑着，见英格拉姆教授也笑了，他倒稍稍松了口气，连忙安抚众人：

"不不，先生，我发誓，没那回事。我们无意惊吓任何人，只想请各位都看看这部影片，这样你们就能认出——"

"认出什么？"

"认出'虚无医生'究竟是谁。我们已经仔细研究过影片。

如果你们认真看，而且观看的地点和方式都正确，你们就可以看出谁才是杀害切斯尼先生的凶手。"

英格拉姆教授将骰子丢进杯中，摇了摇，再次掷出。

"所以影片暴露了凶手的身份？"

"是的，我们认为如此。这就是我想请各位都看一看这部影片的原因，看看各位是否与我们意见相同；我有信心，结论将是一致的。答案都在影片里。其实我们第一次放影片时，答案就已出现在眼前，虽然当时我们还没察觉究竟看见了什么；但我们认为，各位一眼便能看出。这样一来，事情就很简单了。我们准备今晚就逮捕凶手。"

"上帝啊，"乔·切斯尼说，"你该不是说今晚就要把人抓去绞死？"

他的语气相当惊愕，似乎刚刚听到的惊人事实中包含着他从未料想到的可能性。他的脸涨得更红了。

"那要由陪审团决定，切斯尼医生。但你应该不反对吧？不反对观看影片？"

"呃？不，不，一点也不。不瞒你说，我还挺想看的。"

"你不反对吧，哈丁先生？"

哈丁紧张地将手指伸进衣领，摸了摸绷带。他清清喉咙，拿过手边的白兰地，一饮而尽。

"看吧，"他说，"呃——拍得好吗？"

"什么拍得好？"

"我是指，影片拍得是否清晰。"

"很清晰。你不反对吧，威尔斯小姐？"

"不，当然不。"

"一定要让她看吗？"切斯尼医生问道。

"威尔斯小姐是最最应该观看这部影片的人，"艾略特缓缓地说，"即便其他人都不看，她也得看。"

英格拉姆教授又一次掷出骰子，漫不经心地看了看点数。"就我个人来说，我很反感这种方式。不错，我的确很想看这部影片，结果今天碰了个大钉子，"房中的热气令他光秃秃的额头闪闪发亮，"所以我很想叫你们有多远滚多远。但我不能。那该死的吹箭筒整晚都困扰着我。'虚无医生'的真实身高整晚都纠缠着我，"他将骰子杯砰的一声敲在桌上，"告诉我，影片里能看出'虚无医生'的身高吗？你们能得出准确答案吗？"

"可以，先生。差不多六英尺。"

英格拉姆教授放下骰子杯，抬起头。切斯尼医生的表情先是迷惑，继而好奇，最后高兴。

"确定了？"教授厉声追问。

"你们可以自己看。其实这并不是我们希望你们关注的主要问题，但你们可以认为这一点已经有了确定结论。那么，我们能否借用音乐室来播放影片？"

"好，好，想在什么地方都可以。"乔·切斯尼大声说。他像瓶中的药水一样摇摇晃晃，而且还像某些药水那样泛起泡沫、变了颜色。他的态度十分殷勤："我来带路，跟我来。拿点喝的来。一口气从头看到尾，但我们该喝上几杯。"

"我认得路，谢谢，"艾略特朝英格拉姆教授一笑，"不，先生，你不必想太多。在音乐室放影片并不是法国警察那种三流计策，只因为你们在那儿可以看得更清楚。我和斯蒂文森先生先去准备，大约五分钟后，克罗少校会带你们过去。"

走出房间，他才发觉自己的额头烫得厉害。但他同时也发觉，他根本不是在考虑凶手；他认识凶手，现在凶手已毫无屏障，像剥开的洋葱一样不堪一击。他在考虑其他问题，因此才有被病魔侵袭的感觉。

走廊很冷，音乐室也是。艾略特找到橱子后的电灯开关。他拉上灰色窗帘，雾气已在窗外弥漫开来。他又走过去打开暖气。

"银幕可以挂在双扇门中间，放映机可以拉近一点，画面越大越好。我们可以把那台留声机拉出来，当成放映机的底座。"

斯蒂文森点点头，两人默默地做着准备工作。布帘挂在门框上，放映机连上了原本给留声机用的插座。似乎过了很久，银幕上才闪出一大块方形的白光。银幕后面是黑暗的书房，马库斯·切斯尼曾端坐过的书房；那座钟仍在书房里嘀嗒嘀嗒大声走动着。艾略特摆好扶手椅，以银幕中心为界，左右各两个座位。

"准备就绪。"他说。

话音刚落，一列奇特的队伍就走进了音乐室。主持仪式的是菲尔博士。玛乔丽和哈丁坐在银幕一边，英格拉姆教授和切斯尼医生则被安排到另一边。克罗少校靠在大钢琴上（和昨晚一样），波斯维克守在门的一侧，艾略特守在另一侧。斯蒂文森站在放映机旁，菲尔博士站到他身后。

"整个过程中各位可能不太轻松——尤其是威尔斯小姐。"菲尔博士喘着气，"但是，威尔斯小姐，你能不能把椅子拉得离银幕更近一些？"

玛乔丽瞪着他，却默默服从了。她的双手抖得太厉害，艾略特上前帮她挪动椅子。虽然没对准银幕正中，但她距离挂在门上的布帘已不足一英尺。

"多谢。"菲尔博士咕哝着，脸色不像平时那么红润。然后他大吼一声："阿门！开始吧。"

波斯维克关了灯。艾略特再次陷入深沉的黑暗，直至斯蒂文森打开放映机。放映机的光线微微映出周围众人的脸庞。由于放映机和银幕的距离不足五英尺，银幕上的图像可能会比实际尺寸大许多。

有节奏的嗡鸣声响起，银幕转为黑暗。此刻很容易听到人的呼吸声。艾略特察觉菲尔博士庞大的身影高耸于落座的众人之上，随即明白那只是背景；他调动注意力，集中于他们即将看到的画面，集中于画面中那只要用心思考便不难读出的潜藏深意。

垂直的光斑在黑幕边缘蠕动着。幻象般的门被推开了。从光斑中逐渐浮现出的，是他们面对的双扇门后那真实房间的清晰影像。而且，当那发出微光的壁炉架、桌上的白灯、白色钟面的座钟出现时，艾略特产生了怪异的错觉，仿佛他们正观望着的不是房间的影像，而是真正的房间。他们似乎正隔着一袭透明的帷幕朝房中张望，那帷幕将所有颜色都滤成灰与黑。座钟真实的嘀嗒声进一步加深了错觉，那声音与画面中钟摆的摆动相吻合。他们面对的是一个空房间，一个镜子般的房间，一座真实的钟记录着昨晚的时间，敞开的窗接纳着来自昨晚的空气。

然后马库斯·切斯尼从书房里看向他们。

不出所料，玛乔丽惊呼出声，因为银幕上的人几乎与真人一样大。惊悚的效果不仅源于光线作用下切斯尼形同鬼魂的形象，还源于那幅景象给观众带来的逼真幻觉。镜中的切斯尼认真地开始演出：他坐下来面对观众，将图案发灰的巧克力盒推到一边，然后开始用桌上的两件小东西表演哑剧……

"根本看不清啊，"英格拉姆教授边嘀咕着，边倾身向前，脑袋触到了放映机的光束，"我懂了，吹箭筒，呃？现在我懂了！我看到的是——"

"别管它！"菲尔博士打断他，"别纠缠于那东西。忘掉它。注意银幕左边。'虚无医生'要来了。"

仿佛听见召唤，那高高瘦瘦、头戴礼帽的人现身了，刚一出现就转身面对观众；他们的视线径直投进那黑漆漆的太阳镜里。银幕上的细节被放大了，分外清晰。你能看清礼帽磨损的毛边，毛茸茸的围巾在鼻子处开了条缝，还有'虚无医生'步入空旷的房间时那奇特的步伐。他走到书桌前，半背对着观众，迅速调包巧克力盒……

"他是谁？"那身影移动时，菲尔博士问道，"仔细看看，他是谁？"

"是威尔伯。"玛乔丽说。

"是威尔伯，"她又说了一次，从椅子里站起来，"难道你们没看出来？难道认不出他走路的姿势？看！是威尔伯。"

切斯尼医生的声音有力却茫然，"她说得对，"他附和道，"老天，绝对不会错。但他不可能是威尔伯。那孩子已经死了。"

"看起来的确像威尔伯。"英格拉姆教授也同意。在黑暗中，他的性格似乎变得更有棱角，变得更加专注，大家都感受到了。"等等！这里有点不对劲。有诡计。我敢发誓——"

菲尔博士制止了他。放映机稳定的嗡鸣在众人耳畔喧哗着。

"现在到了关键时刻，""虚无医生"走到桌子另一侧时，菲尔博士插话，"威尔斯小姐！很快你舅舅会说几句话，他将看着'虚无医生'，对他说话。观察他的嘴唇，解读他的唇语，告诉我们他说了什么。请务必冷静！"

女孩站到银幕前，倾身向前，她的影子几乎触到了画面。此刻，他们甚至忽略了放映机的声音。静默，不自然的静默。镜像房间里，马库斯·切斯尼的嘴唇翕动着，玛乔丽同步复述。她的音调很别扭，似乎整个人已经神游他方。那轻柔、幽灵般的声音中，带着一种独一无二的节奏。

那个声音说：

"我不喜欢你，菲尔博士；

原因我无法透露，

但是——"

人群中顿时一阵骚动。

"这到底怎么回事？"英格拉姆教授大怒，"你在说什么？"

"我在复述他说的话！"玛乔丽喊道，"我不喜欢你，菲尔博士——"

"我就说这里有诡计，"英格拉姆教授说，"我还不至于疯狂到相信这种事。当时我就在这里，亲眼观看，亲耳听他说，我知道他绝对没说过那种话。"

回答的是菲尔博士。

"他当然没说,"菲尔博士的声音沉重、疲惫而苦涩,"所以,你们现在所看的影片,记录的并不是昨晚的场景。所以,塞给我们的是一部假影片。所以,凶手就是拿给我们假影片,同时又保证影片是真实母带的那个人。所以凶手就是——"

不需要等他说出那个名字了。

乔治·哈丁刚站起身,艾略特便穿过放映机的光束,三步并作两步冲上去。哈丁见状,右手迎面朝他奋力挥出笨拙的一拳。艾略特巴不得打一架,他做梦都想、甚至祈祷上帝能让他打一架。所有的反感都升腾为仇恨,他不得不压抑的一切,加上乔治·哈丁的所作所为及其种种动机,全都涌进艾略特脑中,激发出他心底的狂吼;他几乎是饱含快意地痛击他的对手。但这场争斗并未持续下去。哈丁那一拳摧垮了他自己最后的防线。他目光涣散,面容在恐慌中扭曲成一团;他跌倒在玛乔丽身前,伸手去抓她的裙子,继而昏死过去。他们只得用白兰地灌醒他,才能按规定实行逮捕。

第20章

心理学家的谋杀案

一小时后，图书室里，菲尔博士与众人围坐在壁炉旁。但玛乔丽不在场；由于显而易见的原因，波斯维克和哈丁当然也不在。艾略特的大脑虽然已疲惫不堪，但主管讽刺的神经依然活跃，在他看来，炉火周围的这些人简直像一幅荷兰静物画。

最先开口的是切斯尼医生。之前他的手肘支在牌桌上，头埋在双手中，这时才抬起来。

"所以说到底凶手还是个外人，"他喃喃道，"哈！我好像从一开始就打心底里这么认为。"

英格拉姆教授礼貌地说："那又怎样？你还一直向我们保证，哈丁是个多么优秀的年轻人。最起码，今天下午你安排那场精致又高雅的婚礼时——"

切斯尼医生脸红了。

"见鬼，我还有其他选择吗？我觉得那是我的分内事。哈丁说服了我。他说——"

"他说过的事情多得很。"克罗少校冷淡的语气恰到好处。

"可当我想到今晚对她意味着什么——"

"是吗？"英格拉姆教授捡起骰子，丢进杯中，"老兄，你一直是个差劲的心理学家。你以为她爱他？你以为她爱过他？你以为我为什么拼命反对今天下午那场恶魔般的、令人作呕的闹剧？"他拿起骰子杯摇晃着，视线先后望向菲尔博士、艾略特、克罗少校，"不过，我想各位还欠我们一个解释。我们想听听（每到故事结尾大家都想听）你们如何认定哈丁就是凶手，又该如何证明他有罪。或许你们已经心知肚明，但我们还蒙在鼓里。"

艾略特看着菲尔博士。

"请吧，先生，"他闷闷不乐地说，克罗少校也点点头，"我的智商不太够用。"

菲尔博士的烟斗燃着，手边有一大杯啤酒。

"在这个案件中，我有很多遗憾，"对他而言，此刻的音量算是放轻了不少，"因为大约四个月前被我视为胡思乱想的东西，其实正是破案的开端。或许我该从案件发生之前开始解释，依照当时我眼中的顺序向你们展示这些事件的面貌，再从我们今天的视角予以分析。

"六月十七日，孩子们吃了特里太太店里的巧克力后中毒了。今天我曾向艾略特警督说明，为什么我认为（早在当初我已持这一观点）下毒者采用的并不是将一把有毒的奶油巧克力混进敞口盒子的笨办法。我认为借助弹簧夹袋的可能性更大，由此可以轻松解决调包敞口盒子的难题。我认为应该追查曾经（比如在案发前一星期内）带着提包去过店里的人。如此一来，立刻就指向随身拎包不会引起注意，事后也不易被视为异常之举的人：比如切斯尼医生或埃密特先生。

"但是，"菲尔博士用烟斗比画着，"我对警督指出，还有另一种可能。即便是切斯尼医生或埃密特先生，带着提包仍有可能给人留下印象，毕竟再普通的事都难免被人记起。但还有另一种人，带着提包走进店内，特里太太无论在当时还是事后，都绝无可能多加留意。"

"另一种人？"英格拉姆教授问道。

"游客。"菲尔博士说。

"如我们所知，"他接着说，"有许多旅游路线途经索布里克洛斯。往来游客数量很多，有时还相当拥挤。开车路过的陌生游客拎包进店买包香烟，走了，店主当时不会注意他的包，事后也记不得这个人。切斯尼医生或埃密特先生是本地人，难免被店主留意；而陌生游客从头到尾都不会出现在店主的关注范围内。

"但这一结论未免太过异想天开。外地人为什么要干这种事？一个疯癫的凶手或许有可能，但我总不能对克罗少校说：'请你在全英格兰境内搜寻一个去过索布里克洛斯的外地人，我无法描述他的任何特征；他驾车旅行，但我说不出他的车长什么样；他随身带着个魔术提包，但这只是我的臆测。'这太离谱了。所以我搁置了我的推论，现在真是追悔莫及。

"因为——今天早上发生了什么？

"艾略特来找我，他的故事勾起我不快的回忆。我手里已有马库斯·切斯尼写来的信，又从有耳疾的服务员那里听说了案件的概况；艾略特的讲述令我震惊。老天在上，我从他那里得知，威尔斯小姐在意大利邂逅了黑眼睛帅哥乔治·哈丁，还和他订婚了。不能仅仅因为哈丁是外地人就怀疑他，但却有充分理由怀疑马库斯·切斯尼身边这个人数寥寥的小圈子中，有人将一场精心设计的表演变成了一场精心设计的谋杀。所以，我们就从解读这场表演入手。

"我们知道，表演是事先筹划好的。我们知道（其实这一点是事先刻意强加给我们的）表演过程中藏有诡计，我们不能轻信'眼见为实'。我们可以怀疑，游戏或许不仅仅呈现在舞台上，还有可能延伸到观众之中。听听切斯尼在信中的说辞吧，他这样形容证人：

"他们不知道舞台上发生了什么，更不知道观众席里发生了什么。事后为他们播放一段黑白影片，他们就会相信你；但即便到那时，他们也说不清自己究竟看见了什么。

"那么，为了解开表演过程的谜团，我们需要解释三个矛盾，它们是：

"（一）切斯尼为什么在问题表中插入一个纯属多余的问题？如果他准备询问你们，那个戴礼帽的人身高多少，为什么事先要告诉你们'虚无医生'就是威尔伯·埃密特？

"（二）他为什么要求所有人当晚都穿礼服？你们平时一般不穿礼服，但他偏偏在这个特殊的夜晚，要求大家都正装出席。

"（三）他为什么要在问题表中设置第十个问题？第十个问题几乎被忽视了，但却让我相当困扰。记得吗，他想问，是否有某个人或某几个人说了话？具体说了些什么？随即他马上提示，他要求给出以上问题字面上的正确答案。但这里有什么陷阱吗？看上去证人们一致认为，全过程中只有切斯尼本人在舞台上讲过话，虽然观众席中的确有人小声念叨过几句。陷阱究竟藏在哪里？

"各位，（一）和（二）的答案很明确。他之所以告诉你们'虚无医生'是威尔伯·埃密特，原因非常简单：'虚无医生'实际上并不是威尔伯·埃密特。'虚无医生'不是埃密特，而是某个和埃密特穿着同款礼服裤子和皮鞋的人。但这人显然不可能与埃密特一样高，否则'从落地窗进来的人，身高是多少？'这个问题就失去意义了。如果这人的身高与埃密特相同，都是六英尺，而你们的回答也是六英尺，那无论如何你们都算答对。所以，他要安排一个身高和埃密特相差一两英寸，却同样穿着礼服裤子和皮鞋的人来欺骗你们。

"嗯哼，那么，到哪里去找这样的人？当然，可以找一个不相干的外人，也可以找他在索布里克洛斯认识的人。但那样一来开这个玩笑就没意思了，也称不上一条精妙的诡计，只能算撒谎而已。况且也不符合'他们不知道舞台上发生了什么，更不知道观众席里发生了什么'这句话。由此反推，不难想到戴礼帽的人是观众中的一员。

"于是诡计的核心曝光了。可以看出，除了埃密特，马库斯·切斯尼还有另一名同谋，乍看上去规规矩矩的同谋，正如魔术表演中坐在观众席中的同谋一样。在关灯后伸手不见五指的二十秒内，埃密特和这第二名同谋交换了位置。

"观众席里的同谋在一片漆黑的二十秒内从敞开的落地窗溜出去，埃密特则溜进来取代他的位置。扮演'虚无医生'的并不是埃密特，而是另一名同谋。演出从头到尾坐或站在观众席里的是埃密特。各位，这就是马库斯·切斯尼设下的诡计。

"但究竟是观众中的哪一位呢？

"埃密特扮演的是谁？

"用排除法很容易。排除威尔斯小姐，理由毋庸多言。排除英格拉姆教授，至少有三个原因：切斯尼给他安排的座位离音乐室的落地窗最远；他那闪亮的秃头过于醒目；而且切斯尼不太可能让他最想骗过的人来当这个同谋。

"可是哈丁呢？

"哈丁的身高是五英尺九英寸。他和埃密特都很瘦，体重也差不多：哈丁是十一英石，埃密特是十一点八英石。两人都是黑发，梳得很平滑。哈丁的座位在最左边——对于想拍摄舞台场景的人来说，那个位置最差，差得有点可笑；但切斯尼却将他安排在那里，离落地窗只有两步。而且，哈丁站在那里、眼睛紧贴摄影机时，右手便自然而然地挡住侧脸，没错吧？"

"没错。"英格拉姆教授闷声说。

"从心理学上说，没有什么比这种交换更容易。没人会注意到身高的差别，因为他站着，另两位观众坐着。而且哈丁说他'弯着腰'，意味着埃密特弯着腰。如果你们上当了，原因在于外貌的差别很容易被黑暗所掩盖。哈丁长得很帅，埃密特很丑，但在黑暗中，他用手挡着脸，就很难辨别。你们的注意力显然不会集中在那人身上，你们甚至都没怎么看他，否则就会错过舞台上的情景。如果有谁说既看到了哈丁，又看清了舞台，那是自相矛盾。你们说是用'眼角余光'看到哈丁，这没错，因为你只瞄到一个人影，仅此而已。你'看到'了哈丁，是因为你本就预设站在那里的人是哈丁。

"黑暗也掩盖了你们所中的另一条心理学诡计。你们说拿着摄影机的人大声说话，依我看却未必。观看演出过程中，黑暗会产生一种心理学效应，让人交谈时不知不觉将音量压得很低；而这种低语听上去感觉和平时的说话声差不多，有时甚至让人觉得如同咆哮；试想，你们去剧院看戏的时候，如果背后有某个蠢货嘀嘀咕咕，也会有同样的感觉吧。其实声音很小，但你们绝不会相信，除非你们在正常情况下听到同样的音量。因此，我认为那人说'嘘！是蒙面人！'的时候，他的声音其实很小。因此你们上当了，因为任何人小声说话时，声音听起来都差不多。你们之所以认为那是哈丁的声音，是因为你们根本没想过那会是另一个人在说话。

"事实上，另一个同谋的合适人选只能是哈丁。英格拉姆教授，切斯尼不可能选择你，他和你争论了很多年。切斯尼医生，即便他一开始没有因为你和埃密特身高相同而将你排除，他也不会选择你，他和你争论了一辈子。不，他会选择恭顺、惯于奉承他的哈丁；哈丁对他唯命是从，处处迎合他的虚荣心，对他那套理论深信不疑；最重要的是，哈丁有一台摄影机，摄影机有很多用处。

"那么我们再来看看直接指向哈丁的另一条线索。本案中，我们反复听到一件事：哈丁对马库斯·切斯尼可谓百依百顺、俯首听命。这一点从未改变、从未打折、从未动摇，只在一个本不该动摇的时候动摇了。这次表演是切斯尼的得意之作，他对待表演的态度非常严肃，并且希望其他人也都同样认真。但在表演的高潮部分——'虚无医生'戏剧性地从落地窗迈进舞台时——观众席里所谓的'哈丁'，在早就被警告要保持安静的情况下，居然小声地脱口而出：'嘘！是蒙面人！'这种时候取笑切斯尼未免太过突兀，很可能引发其他人的笑声，进而破坏整个表演；但所谓的'哈丁'竟然说出来了。

"现在，我马上要向各位指出，为什么那句话本身就是锁定哈丁的铁证。但我当时的第一反应是：'不对，那是在观众席中假扮哈丁的威尔伯·埃密特。既然埃密特和哈丁一样，都不至于和切斯尼开玩笑——老天在上，那句话也是事先安排好的。'甚至就连那句话也是表演的一部分。于是我们又回到老问题，'是否有某个人或某几个人说了话？具体说了些什么？'

"各位，我不会胡乱揣测，我会让事实自然而然地展现在你们眼前。艾略特向我讲述案情时，我的思路就像刚才那样逐渐展开。关于哈丁是凶手这一点，我不敢在一开始就给他过多希望——"

切斯尼医生瞪着他们。

"希望？"他怀疑地眨眨眼，追问道，"什么希望？为什么他希望哈丁是凶手？"

菲尔博士清了清喉咙，轰隆作响。

"啊哈，"他说，"说顺嘴了。我先继续分析吧？

"我们先不考虑动机问题，也不考虑其他因素，只关注犯罪手法的技术层面，显然，哈丁完全可以扮演'虚无医生'的角色。

"来看看时间表。从关灯到切斯尼打开双扇门这一片漆黑的二十秒内，埃密特可以从落地窗溜进音乐室，从哈丁手里接过摄影机，哈丁则从落地窗出去，打扮成'虚无医生'。两人交换位置仅需两三秒钟，而'虚无医生'要等切斯尼开门后四十秒才进入书房。所以哈丁几乎有整整一分钟时间来换装。英格拉姆教授会告诉你们，一分钟可以做很多很多事。

"'虚无医生'在书房内停留三十秒后离开。接着两人再次互换，哈丁回到音乐室。这是不是很符合我们的时间表呢？

"到这一步，我还没看到影片。但艾略特对我转述了哈丁的证词。哈丁说：'就在戴礼帽的家伙走出镜头后，我抬起头、往后退，关掉摄影机。'换句话说，这其实是假扮成哈丁的威尔伯·埃密特的动作。'虚无医生'刚离开书房，他就停止拍摄，为什么？表演明明还没结束。马库斯·切斯尼还要栽倒在地、假装死亡，然后爬起来关上双扇门。切斯尼给了充裕的时间，让他们交换回来。

"很明显，'虚无医生'刚离开书房，埃密特立刻'往后退'——退出其他观众的视野范围——溜出音乐室去和哈丁会合。这是他们的计划，马库斯·切斯尼的计划。但如果我所料不错，哈丁对这个计划做了有趣的调整。他用一颗毒胶囊结果了切斯尼。（胶囊当然从来都只有一颗，没必要去争论是否存在第二颗胶囊。如果已经安排哈丁扮演'虚无医生'，为什么要准备第二颗胶囊？只有一颗胶囊，事先交到哈丁手上，而他往胶囊里添加了氰酸。）此后，哈丁着手进行他对计划的第二个调整。

"'虚无医生'离开后，威尔伯·埃密特停止摄影，从音乐室的落地窗溜出去。哈丁只用几秒钟就足以脱下那身伪装（比穿上要容易很多），正等着他。狭长的草坪旁，树后的阴影中，有一把潜伏了好几个小时的火钳。哈丁——那身'虚无医生'

的伪装堆在书房落地窗下——候在树旁，朝埃密特招手。他接过摄影机，指了指房子，另一只手已经裹好手帕，趁埃密特转身之际，抄起火钳狠狠一击。随后，他赶在灯亮之前潜回音乐室。时间（正如英格拉姆教授所估算的）一共五十秒。"

英格拉姆教授一直在摇晃杯中的骰子。他皱着眉，摇摇头。

"似乎很合理。他有足够的时间。但他冒的风险未免太大了吧？"

"不，"菲尔博士说，"一点风险也没有。"

"可如果有人——我，或者其他人——过早开灯呢？如果他还没来得及回到音乐室，灯就亮了怎么办？"

"你忘了还有切斯尼自己，"菲尔博士哀叹道，"你忘了，那个人实际上制订了谋杀他自己的计划。最最希望哈丁能在灯亮之前安全返回原位的不是别人，就是他。否则一旦哈丁暴露，他的计划就全毁了，他将沦为笑柄。他绝不容许这种情况发生。记得吗，刚才我说过，切斯尼继续着他的表演——静静地在桌前坐了一会儿，然后朝前倒下；这明显属于即兴表演，因为问题表中没有任何与这段情节相关的提问——'虚无医生'离开后，他为你们多演了一小段，目的是为哈丁争取时间。显然，哈丁事先和他约定了某种暗号，比如一声咳嗽，好让切斯尼知道他已返回音乐室。然后切斯尼才关上门，结束表演。哈丁击倒埃密特所需的时间或短或长，可能只用二十秒，也可能长达一百二十秒，但只有等他顺利返回，切斯尼才会结束表演。"

"混账东西！"乔·切斯尼突然咆哮，一拳捶在牌桌上，震得双陆棋盘跳了起来，"所以从头到尾哈丁都稳赢不输？"

"是的。"

"请继续。"英格拉姆教授平静地说。

菲尔博士吸吸鼻子："以上是我今天早上的分析。可想而知，我迫不及待地想看看那部影片——那部我以为是埃密特拍的影片。在我初次受挫之前，即便还没有百分之百认准哈丁是凶手，至少也将他列为头号嫌疑人。他研究化学；他任何时候都有能力提炼氰酸；他是本案中唯一懂得如何短时间内戴、脱橡胶手套的人。我不知道你们是否尝试过，只要往橡胶手套里抹点粉末，很容易就能戴上，但如果没掌握技巧，要想在一瞬间脱下来，几乎不可能。按普通方式拉扯手套指尖是不管用的，你气急败坏扯来扯去只会把手套扯得稀烂。必须从手腕处往下卷，最后就像那副手套被发现时的样子，卷得整整齐齐。我向艾略特警督展示这一小窍门，让他惊讶不已。

"但早在我们观看影片之前，我已经给哈丁盖上了鲜明的'凶手'印鉴。原因在于艾略特和威尔斯小姐在斯蒂文森药店里的谈话。各位，我不知羞耻地偷听了他们的谈话。客厅和卧室之间的双扇门上挂了块布帘，我就躲在布帘后的卧室里（你们不妨想象一下）。

"截至当时，除了艾略特介绍的情况外，我对哈丁还一无所知。但突然间，我捕捉到了什么！艾略特向我保证，哈丁在地中海之旅邂逅威尔斯小姐之前，甚至从未听说过索布里克洛斯。恰恰相反，我发现在那之前很久他就认识她了，早在特里太太糖果店毒杀案发生之前他就认识她了；她还经常去伦敦与他约会。请别表现得如此震惊，各位，"菲尔博士暴躁地说，"如果你冲动之下想用火钳敲我的脑袋，切斯尼医生，也请克制一下。就连家里的女仆们都知道这事，不妨问问她们。

"不过，我从这件事中获得的真正有价值的信息，是乔治·哈丁先生的双面人格。当然，你不能因为他故意向威尔斯小姐的家人隐瞒他们早就相识的事实就怀疑他，虽然他心术不正，但毕竟他费尽心机兜了好大一个圈子。我不能为此怀疑他。可他引发我怀疑的关键在于——同时也是艾略特警督恨不得杀了他的原因——他装出可怜巴巴的样子，说他反正也该休假了，想去国外旅游，既然他要和威尔斯小姐的家人见面，那最好让她来承担旅费。但这还不是全部。各位，我站在斯蒂文森的卧室里，如同五雷轰顶（我无法形容当时的感受）。我看见了各种景象，听到了许多声音。我感觉闻到了韦恩莱特头发里的香水味。我感觉沃伦·韦特的鬼魂就坐在摇椅里。我仿佛看到了里奇森那双迷人的眼睛，普理查德那醒目的秃头，正如妖魅般浮现在窗外。

"不过，还有另一面。无论乔治·哈丁从事什么职业，他都称得上一个出色的演员。我听说了发生在庞贝的那一幕。等等，先别在意我是怎么知道的。但如果我在斯蒂文森卧室里偷听到的都是实情，你们可以好好想想，发生在庞贝的那一幕意味着什么！想想看，哈丁坚定、勇敢、一脸无辜地站在你们中间，听你们介绍索布里克洛斯的情况。想想看，哈丁怎样将话题引向毒杀犯，挑逗你们的智慧，抛出'我想在那个时代，下毒者要脱罪很容易'这句话。想想他吃惊的模样，想想他恍然大悟，意识到自己戳到了你们的痛处，于是慌里慌张地合上旅行指南，一脸困惑地道歉。好好想想——

"唔，无须再强调了。就让那场面留在你们心里，作为后续一切事件的象征吧。那正好为哈丁的心灵画了一幅简明的写真。当时他的一言一行都极尽伪善之能事，他欲拒还迎、欲言又止、惺惺作态，我仿佛神游到当天的现场，看着他像威廉·帕尔默一样博得周围众人的一致好感。

"我还是少作抽象的阐发为好。接着我们看到了影片，哈丁便露出了马脚。破绽太过明显，我认为哈丁已经无处可逃了。

"你们都看过那部影片。但第一次观看时，我们中有些人可能忽略了一件事。是这样，如果我们相信哈丁的说法，如果我们认同影片是他拍摄的，如果我们采信他的不在场证明，并不怀疑其中有诈，在此前提下，那部影片所反映的，就应该是哈丁的视角。

"明白了吗？"菲尔博士热切地问道，"影片所展示的是他所看到的情景，也是他所看到的全部情景。那是以哈丁为观察者、在书房里发生的情景。就好比我们进入哈丁的脑中，重温他当时所见的一切。因此，我们在影片中所看到的，只能是哈丁本人看到的东西。

"那么，根据其他证人的证词，以及哈丁本人的证词，当时发生了什么？回到切斯尼表演的开端，戴礼帽的怪人从落地窗走进来。当他迈步向前时，哈丁低声说，'嘘！是蒙面人！'然后那人转身看着观众。

"但我们在影片里看到了什么？我们看见，那人刚刚出现的一瞬间，就转身望向观众。他出现，他转身，这是我们第一次看见'虚无医生'。这个转身的动作，毫无疑问发生在哈丁说出

'嘘！是蒙面人！'之后，因为那是'虚无医生'唯一一次望向观众。但哈丁怎么可能说出那句话呢？那时他为什么会说话呢？因为在他说出那句话的时间点，我们还没看见影片中的'蒙面人'，这就意味着他也还没看见。

"他根本看不见落地窗。他的位置过于偏左，所以我们在影片里也看不见。我们看不见那人走进来的最初画面，直到他转身望向我们时，我们才看到他。那么，各位可以扪心自问，哈丁怎么可能知道'虚无医生'是什么样子？他怎么可能在'虚无医生'还没进入他的视野之时，就用'蒙面人'这样贴切的形容去描述对方？

"答案并不复杂。无论操作摄影机的是谁，他都是这场表演的同谋；他早已知道'虚无医生'的样子；'嘘！是蒙面人！'是事先为他准备的台词；他看见切斯尼转头，明白时间到了，就低声说出台词，只是快了几秒钟，当时其他人都看见了'虚无医生'，而他还没有。由于哈丁后来很干脆地承认他确实说了那句话，可以确定他就是观众中的同谋，无论影片的拍摄者是他还是埃密特。我先前推断埃密特拍摄影片、哈丁扮演'虚无医生'，至此得到了验证。

"今天下午我们第一次观看影片时，我几乎就快要欢呼胜利，宣布以上结论了。克罗少校说马库斯·切斯尼'实际上亲手为别人拟订了谋杀他自己的计划'的时候，我深表赞同，虽然克罗指的是其他方面。然而，就在那时，我的推理遭到重挫。

"从影片中，我们可以非常清楚地观察'虚无医生'的身形。

"而他的身高是六英尺。

"不仅如此，从他走路的姿态，可以确定他就是威尔伯·埃密特。

"这给我的打击实在太大了。我花了好几小时才缓过来。

"谦虚是一种美德，一种历久弥新的美德。我原本对自己的推理无比自信，各种细节如同一块块砖，我不仅用它们筑起了高塔，还抹上灰泥，让它们牢牢黏合在一起。但今天下午，我们在威尔斯小姐的抽屉里发现了装摄影灯泡的盒子，我才意识到，我们又一次，第无数次，被切斯尼的又一条天才诡计戏要了。那本来是那场表演中最终极的障眼法，结果却让哈丁的计划更加天衣无缝。

"当然，有个问题困扰了我们很长时间：无论凶手是谁，他为什么没有破坏影片？他有无数机会趁人不备毁掉它。影片就躺在空房里，毫不设防，任何人只须将它曝光，五秒钟就能让它报废。不可能有哪个凶手——即便是个疯子——乐意让警方仔细研究如实记录了自己行凶过程的影片。然而，影片完好无损。如果我能早点洞察先机，我就该想到，凶手如此善解人意地把影片塞到我们手里，是因为片中所记录的，根本不是真实的谋杀过程。

"事实上，那是表演当天下午切斯尼、埃密特、哈丁三人进行彩排时所拍摄的影片，由埃密特扮演'虚无医生'。

"关键在于摄影灯泡。我本就对摄影灯泡十分好奇，却又百思不得其解，一再提问。我听说，威尔斯小姐得知灯泡已经烧完时十分惊讶。为什么她会那么吃惊？这个问题或许并不重要，但在我们思路受阻时，这种不协调之处往往能成为突破口。

当天早上她买了灯泡，到晚上才启用。当晚摄影灯泡用了多长时间？

"很容易计算出来。切斯尼的演出大约在十二点零五分开始，灯泡随之亮起，直至十二点二十五分警方赶到时（还记得吗）才关掉。差不多二十分钟。警察检视房间时（随后被英格拉姆教授打断）又暂时打开，只过了几分钟——不超过五分钟就关掉了。第三次、也是最后一次亮起，是在法医和拍照人员赶到时，时间也很短——艾略特向克罗少校解释弹簧夹袋，然后他们又检查了壁炉架上的钟，灯泡就烧完了，前后大概也就五分钟。

"即便以上都是粗略估算，仍然无法解释其中的矛盾。那个灯泡总共加起来只亮了半小时左右，而药剂师斯蒂文森则向我保证，摄影灯泡的寿命可达一个多小时。

"灯泡只亮了半小时就烧完，是因为当天早些时候，有人已经用过它。

"当我发现抽屉里的硬纸盒时，这一简单的事实顿时呈现在眼前。威尔斯小姐那天早上买来灯泡，放进抽屉里。后来她自己没用过，因为女仆告诉我们，那天早上她去了英格拉姆教授家，傍晚才回来；何况我们不止一次听说，她从未涉猎摄影。

"本来我们有理由相信，那天晚上十一点四十五分帕梅拉奉命上楼去取灯泡之前，没有任何人用过灯泡。但如我刚才所言，这绝不可能是事实。还有一个理由是，我们发现了硬纸盒。如果帕梅拉奉命上楼去取灯泡时，灯泡依然封存在盒子里，她理应会连盒子一起拿下去。但她没有，她只拿了灯泡下楼。这说明当时盒子已经打开了，灯泡要么直接躺在抽屉里，要么已被放回敞开的盒子里。

"很明显，为了那场小小的演出，切斯尼、埃密特和哈丁必定进行过细致的彩排，以确保正式表演时能一气呵成。问题是，彩排什么时候进行？显然是那天下午。切斯尼那天早上让人去买灯泡；威尔斯小姐下午不在；而你，切斯尼医生，本就另有住处，那天下午也没有非来不可的事由。但根据女仆的证词，哈丁那天下午在这里。

"现在你们应该明白，这才是切斯尼最终极的诡计和玩笑，是他为观众设下的最深一层骗局。即便在所有可能的骗术收场之后，他还要再骗你们一次。他让哈丁预先拍摄一部影片——在某些不起眼的细节上，这部片子与正式表演时所拍摄的影片截然不同——这就是魔术师袖中暗藏的扑克牌'A'。他会说：'好，你们都给出了答案，我们来看看真正发生了什么。摄影机不会说谎。'但摄影机其实有可能说谎，因为在这部影片中，扮演'虚无医生'的是埃密特，而切斯尼所说的话，虽然音节数与正式表演时差不多，但内容完全不一样。窃以为，这场骗局本来是为我设计的，因为他准备几天后邀请我来看表演。然后他就会对我说：'我们来看看那天晚上拍的影片。'可想而知，当他在银幕上说出'我不喜欢你，菲尔博士'的时候，我也有可能上当，而他则喜笑颜开。他在那封信中几乎已经承认了这一点。'事后为他们播放一段黑白影片，他们就会相信你；但即便到那时，他们也说不清自己究竟看见了什么。'

"调换影片是乔治·哈丁最最致命的失误。当然，有两台摄影机。他让埃密特用其中一台拍摄，后来他自己又将存有另一部影片的另一台摄影机交给我们。各位请放心，波斯维克已经在哈丁的房间里找出了他藏着的那台摄影机，其中的影片完好无损，真是一个奇迹。哈丁将会被他这点小小的自负送上绞架。

"存在两部影片这一关键，终于一锤定音，揭开了案件中最后的谜团。在很长一段时间里，我潜意识中一直在思考：乔治·哈丁从最左方拍摄影片，只是为了能更靠近落地窗的缘故吗？其实还有另一个因素：他没有选取能将书房落地窗摄入镜头的位置，虽然'虚无医生'是从那里进来的；因为他不敢拍下那个镜头。否则，'虚无医生'现身时，玻璃上会映射出下午的阳光——彩排的时间在下午。书房的落地窗朝西，昨天又艳阳高照，所以他不得不站到另一个方向。同理，晚上表演时，埃密特也就只能站在同一个位置。当艾略特警督突然领悟到我关于摄影灯泡那些问题的用意时，他也就想通了拍摄影片的位置为什么在左边；案情也就迎刃而解。"

艾略特咕哝了两声。菲尔博士的烟斗早已熄灭，啤酒也喝光了。

"现在我们来总结乔治·哈丁和玛乔丽·威尔斯这段孽缘。

"几个月前哈丁策划了这一系列高明而残忍的冷血谋杀，只有一个动机：谋财。他从一开始就致力于营造一种假象：无论索布里克洛斯的毒杀犯是谁，都绝不可能是乔治·哈丁。他的手段并不新鲜，早有先例。你们再三提及1871年克里斯蒂安娜·埃德蒙兹一案，我之前就告诉艾略特，那起案件留下了一个教训，可你们有些人在谈论那起案件时，却对这一教训视而不见。教训可不是'警惕那些追求医生的女人'，而是'警惕那些有可能随意毒杀无辜者，仅仅为了显示自己不可能是下毒者的人'。克里斯蒂安娜·埃德蒙兹就是这么干的，乔治·哈丁也是如此。

"哈丁那愚蠢的虚荣心，不亚于帕尔默或普理查德。他自以为可以随心所欲地操纵玛乔丽·威尔斯。他这么想自有他的理由。一个女人愿意为你承担几个月假期的旅费，完全可以说明她爱得太深，对你太过纵容；而且，他可以娶到一个家底殷实的女人，就算将来真被送上绞架，想想也值了。

"马库斯·切斯尼非常有钱，而威尔斯小姐是他的继承人。但切斯尼怎么看都身强体壮，在他死前，哈丁根本别指望能弄到一分钱。这点他应该很清楚，而且我猜切斯尼也早就向他挑明。哈丁真的很想让他的新式电镀技术得到推广，据我了解，前景的确很不错；不过我倒希望让他以另一种形式好好尝尝'电'的滋味。他自命不凡，不达目的决不罢休，所以必须除掉马库斯·切斯尼。

"我怀疑他从初次邂逅玛乔丽时起就开始策划这一切。因此他在索布里克洛斯'创造'了一名毒杀犯，具体手法你们都清楚。不知他是以怎样的伪装去了特里太太糖果店，了解了店内环境和巧克力盒的位置；几天后他再下手调包盒子。他刻意使用番木鳖碱是有理由的——番木鳖碱是化学家一般不会接触的少数几种毒药之一。我们不知道他从哪里买到毒药，但警方查不出也不奇怪，因为当时他们根本没听过乔治·哈丁这个名字。"

"谢谢。"克罗少校说。

"我们也不知道他最初计划怎样除掉切斯尼。但天赐良机，在切斯尼本人的鼓励和配合下，他得以借机毒杀他。何况切斯尼已经破解了巧克力盒的诡计，哈丁只能抓紧时间动手。讽刺的是，切斯尼根本没怀疑过哈丁，但如果他深入调查下去，恐怕就会有很多发现。还有一件事让哈丁十分困扰：如果他要采用那种杀人手法，就要用到能在极短时间内置人于死地的毒药。符合要求的只有氰化物，而他的工作涉及氰酸钾，这会让他立刻染上嫌疑。

"他想到一个绝妙的办法。今天下午我说过，哈丁没有从他的实验室获取毒药，没有。他在这里制造毒药。你们应该注意到了，这座房子，尤其是一楼，弥漫着淡淡的苦杏仁气息。即便把装氰酸的瓶子塞得紧紧的，也很难掩盖它的气味；但这种气味在贝勒加大宅很难引起别人的注意，除非有谁凑到敞开的瓶口前去使劲嗅一嗅。所以他成功制出了氰酸，又故意在浴室柜子里留下一些。这是为了向你们表明：任何人只要具备一丁点化学常识，就可以制造出氰酸，而且有人正试图陷害他。他肯定已经编好了故事。"

"的确。"克罗少校说。

"我想他一开始并不打算嫁祸于玛乔丽，那太愚蠢，也太危险。他想要那女孩的钱，但肯定不愿让她进监狱。他只是将药盒塞进威尔伯·埃密特的口袋，想把嫌疑引向埃密特。然而阴差阳错之下，玛乔丽成了最大嫌疑人，哈丁则利用了这一点。因为他渐渐觉得不妙：那女孩对他的态度日渐冷淡。

"你们也都注意到了，几个星期以来，她对他的热情明显减退。她不再用痴迷的眼光望着她的爱人；她或许已经窥见了他灵魂深处的些许阴暗面；她开始指责他；她甚至考虑过自杀。哈丁纵然无比自负，却也难免为此生疑。到了这一步，他绝不能失去她，否则他冒了那么可怕的风险，到头来落得一场空，他不能接受那种结果。越早以婚姻裹挟住她，对他越有利。

"他的手段可谓软硬兼施。谋杀威尔伯·埃密特是他计划中必要的一环。切斯尼医生，他从你那里偷走一支皮下注射器用于作案，第二天又将它放在珠宝盒底部的暗格里。陷入恐惧的玛乔丽几乎被吓疯了，哈丁不失时机地诱导她产生这样一种心态：只要找个人来分担她的烦恼，她就解脱了，为此她可以不计后果，所以她愿意紧紧依靠着他。皮下注射器成了压垮她的最后一根稻草，计谋奏效了。她亲口告诉我们，她是为了避免因谋杀罪被捕才结婚的。无疑，哈丁给她分析了很多因素，比如警方可能发现她去过实验室，有机会拿到毒药；但如果她被捕，而他们已成为夫妻，他就可以豁免出庭指证她的义务。各位，你们不妨仔细回味这精巧、冷静、令人目眩的计划——"

仿佛心怀罪恶感，菲尔博士的话锋戛然而止；克罗少校冲他"嘘"了两声；他们都冲着炉火干瞪眼，气氛一时极为尴尬。

因为玛乔丽已经进来了。

艾略特没想到她的脸色如此苍白，眼中却又光芒闪烁。但她的双手显得很镇定。

"没关系，"玛乔丽说，"请继续。我在门口已经听了五分钟。我想听。"

"哎！"克罗少校从椅子里跳起来，手忙脚乱，"需要把窗打开吗？来根烟？来杯白兰地？或者来点别的？"

"这个靠枕给你。"切斯尼医生连忙说。

"亲爱的，我建议你躺下来比较好——"英格拉姆教授说。

玛乔丽朝众人报以微笑。

"我没事，"她说，"我不像你们想的那么脆弱。菲尔博士说得很对，他确实干了那些事。他甚至还拿走楼上我房间里的化学书籍，用来对付我。我之所以买那些书，是想更多地了解他从事的工作；可他却说，万一警察发现我房间里有那些书，会怎么想？而且，他——艾略特警督知道的事，他也知道——他知道我在伦敦曾试着买氰酸钾——"

"你说什么？"克罗少校咆哮道。

"你不知道吗？"她瞪大眼睛，"可——可警督说——最起码，他暗示过——"

艾略特脸颊发烫，这可逃不过在场所有人的眼睛。

"懂了，"克罗少校识趣地说，"跳过这个话题吧。"

"他甚至还说，你们也可能怀疑我与马库斯舅舅在表演时被杀的案子有关。他说他知道马库斯舅舅给菲尔博士写了一封信，信中要求菲尔博士关注我的举动……"

"没错，"菲尔博士说，"'公平起见，我给你一点小提示：请盯紧我的外甥女玛乔丽。'所以，在我还没确定谁是真凶之前，我小心地藏起这封信，不让易受影响的波斯维克警司看到，否则只会误导他。你舅舅本想要弄我，就像他告诉你'虚无医生'就是威尔伯·埃密特，进而要弄你一样。但对波斯维克而言——"

"请等一下，"玛乔丽双手紧握，"真相并不会让我昏厥，请不必担心。今天下午我看见乔治的时候——我指的是他以为自己中弹的时候，一阵强烈的厌恶感让我恶心。但我想知道，当时真是一次意外吗？"

"我希望不是，"切斯尼医生从喉咙深处挤出声音，"老天，我多么希望不是意外！我恨不得当时就把子弹射进那家伙的脑袋。但那真的是意外，我发誓，我不知道枪里有子弹。"

"可菲尔博士说——"

"抱歉，"菲尔博士不自在地动了动，"整个案件中，我都尽可能避免用言语、行动或各种暗示去误导你们，可当时我不得不做出误导。所谓隔墙有耳——我指的是帕梅拉，她耳朵很尖；还有莱娜，她耳朵更尖。她们都在门里听着呢，而我们在外头大喊大叫。莱娜显然对哈丁很有好感，想必她会把我的话都报告给他；而如果哈丁得知我认为那并非一次意外，他就会以为在老天庇佑之下，他还很安全。"

"谢天谢地，"玛乔丽说，"我真怕是你。"

"我？"切斯尼医生问道。

"我是指凶手。当然，一开始我以为凶手可能是英格拉姆教授——"

英格拉姆教授温和的眼睛睁大了，"真让人吃惊，"他说，"我真是受宠若惊，不过——"

"噢，因为你曾从心理学角度分析完美谋杀。那天我在你家待了整整一个下午，问你我该不该嫁给乔治，你帮我做心理分析，结论是我其实并不爱他，他也不适合我——噢，当时我不知该怎么想。但你是对的。你是对的。你是对的。"

菲尔博士连连眨眼。"为她做心理分析？"他追问道，"那她该嫁给哪种人？"

玛乔丽脸红了。

"不嫁了，"她咬牙切齿地说，"我甚至这辈子都不想再见到男人。"

"希望我们这群人除外，"英格拉姆教授好言安慰，"不能让你神经衰弱啊。依我看，在一个秩序良好的社会里，治疗这种神经衰弱，可以参考死里逃生的飞行员所接受的疗法。为了让他们彻底康复，最好的办法是立刻将他们送上另一架飞机。你适合哪种人？经过考虑，我认为对方应该同样内向自抑——"

"废话连篇，"克罗少校说，"她喜欢的是一个警察。既然现在已经真相大白，我保证，以我的名誉起誓，这里的事情和我再也没关系了。这是肯定的。但我要说的是——"

京权图字：01-2019-3668

图书在版编目 (CIP) 数据

绿胶囊之谜 ／（美）约翰·迪克森·卡尔（John Dickson Carr）著；
辛可加译. -- 北京：外语教学与研究出版社，2019.12（2021.11 重印）
书名原文：The Problem of The Green Capsule
ISBN 978-7-5213-1512-7

Ⅰ. ①绿… Ⅱ. ①美… ②辛… Ⅲ. ①长篇小说 - 美国 - 现代
Ⅳ. ①I712.45

中国版本图书馆 CIP 数据核字 (2020) 第 144201 号

出 版 人　徐建忠
项目策划　张　颖
项目编辑　何碧云　赵　奂
责任编辑　徐晓雨
责任校对　黄雅思
装帧设计　人马艺术设计·储平
出版发行　外语教学与研究出版社
社　　址　北京市西三环北路 19 号（100089）
网　　址　http://www.fltrp.com
印　　刷　三河市北燕印装有限公司
开　　本　889×1194　1/32
印　　张　8
版　　次　2020 年 9 月第 1 版 2021 年 11 月第 3 次印刷
书　　号　ISBN 978-7-5213-1512-7
定　　价　48.00 元

购书咨询：(010) 88819926　电子邮箱：club@fltrp.com
外研书店：https://waiyants.tmall.com
凡印刷、装订质量问题，请联系我社印制部
联系电话：(010) 61207896　电子邮箱：zhijian@fltrp.com
凡侵权、盗版书籍线索，请联系我社法律事务部
举报电话：(010) 88817519　电子邮箱：banquan@fltrp.com
物料号：315120001